KB020793

기생, 조선을 사로잡다

일제 강점기 연예인이 된 기생 이야기

신현규 지음

어문학사

기생, 조선을 사로잡다
일제 강점기 연예인이 된 기생 이야기

초판 1쇄 발행일 2010년 3월 12일

지은이 신현규
펴낸이 박영희
편집 이선희·김미선
표지 강지영
교정·교열 이은혜
책임편집 강지영
펴낸곳 도서출판 어문학사
132-891 서울특별시 도봉구 쌍문동 525-13
전화: 02-998-0094 / 팩스: 02-998-2268
홈페이지: www.amhbook.com
e-mail: am@amhbook.com
등록: 2004년 4월 6일 제7-276호

인지는 저자와의 합의하에 생략함

ISBN 978-89-6184-103-0 93810
정가 18,000원

머리말

올해 경인년은 광주민주화운동 30주년이면서 한국전쟁이 일어난 지 60주년이 되는 해이다. 그리고 100년 전에 나라를 빼앗겼던 경술국치의 백주년이 되는 해이다. 그러면서 우리는 지금 아직까지도 일제 강점기의 문화를 청산하지 못했다.

일제 강점기의 정책은 효율적인 식민 지배를 위한 탄압이었고, 고유성 말살 및 우민화, 철저한 경제적 수탈 등으로 영구 예속화를 의도하였다. 하지만 당시의 조선 사회는 식민지 공업화 정책에 의해 강제된 '근대'를 체험하게 된다. 식민지 치하의 조선인에게 다가온 '근대'의 모습은 라디오, 축음기, 영사기와 같은 발명품, 혹은 미술 전람회, 물산 박람회, 운동회, 영화관, 유람단, 광고 모델 등이었다. 여기에서 권번 기생의 화려한 등장을 빼놓을 수 없다. 당시 고관대작들이나 학자들의 회합에서만 하더라도 기생이 나오지 않는 장면은 상상할 수 없다.

'권번 기생'이라는 주제 속에는 근대화, 여성사, 식민주의, 젠더, 계급 등의 문제들이 한 가지로 엉켜 있다. 따라서 근대화 과정의 모순들이 한꺼번에 응집된 대상으로서의 기생은 다양한 시각에서 분석하지 않으면 안 되는 주제이다. 식민지 침탈 과정의 왜곡된 근대화 안에서 벌어진 뒤안길의 역사는 기생의 사회사로부터 그 종언이 이루어진다. 예악문화를 성적 대상으로 변용시키는 전략은 타자화 되면서 기생의 이미지를 유녀로 전락시켰고, 바로 이 과정이 일본의 조선 강점 기간 동안에 진행되었음을 부정할 수 없다.

그럼에도 불구하고 우리나라 연예인의 효시가 되는 기생들은 전통 예악문화의 계승자이면서 근대적 연예인이었다. 라디오 방송에 권번 기생을 빼놓고는 방송 편성이 불가능할 정도였다. 축음기의 SP레코드는 권번 기생 출신 대중가수들, 왕수복, 선우일선, 김복희 등에 의해 폭발적인 판매를 이룬다. 영화의 여배우로 당시 트로이카를 이루었던 기생은 이월화, 석금성, 복혜숙 등이었다. 그리고 나운규의 영화 〈아리랑〉에 출연한 기생 신일선도 빼놓을 수 없다.

초창기 미술 전람회의 모델도 권번 기생이 거의 장악할 정도로 중요했다. 조선 물산 박람회에서는 공연과 여흥의 중심을 차지했다. 신문 및 잡지의 광고 모델로서는 장연홍, 노은홍, 김영월, 김옥란 같은 기생들이 매력적

인 존재였다. 요즈음 행사 도우미처럼 각종 행사에는 기생의 공연이 늘 한결같이 따라다녔다. 더구나 레뷰댄스의 대중화에 기여한 인물도 바로 기생이었다.

이 책에 수록된 내용은 몇 해 전 반년에 걸쳐 연재한 〈월간 사진〉의 「기생 사진에게 말 걸기」를 다듬어서 초고로 만든 것이다. 여기에 추가된 원고는 마침 좋은 기회를 만나면 발표하고 싶은 글로 채워보았다. 이번을 통해 일제 강점기 권번 기생이 지닌 예악문화의 예술적 가치는 그 폭과 깊이에 있어서 언제나 새롭다는 점을 새삼 발견할 수 있었다.

늘 후학을 위해 힘들게 얻은 근대 문화 자료를 기꺼이 내주시는 석우 박민일 명예교수 님께 감사드린다. 또한 마지막으로 이 글을 선뜻 출판해주신 어문학사의 윤석전 사장님과 직원 여러분께 감사드린다.

2010. 2.

흑석골에서 신현규

차 례

제1부 일제 강점기 연예인演藝人이 된 기생들

조선 문화 홍보대사, 명월관 기생

명월관 1호실의 놀음기생

장안의 한량은 돈이 생기면 밤낮 요리점과 기생집에 돌아다니는 것을 당연시 하곤 했다. 그러다가 기생 하나를 얻어가지고 미쳐 날뛰게 되는 것이 순서였다. 집에만 들어서면 집안사람을 들볶고 걸핏하면 아내에게 손을 대는 경우가 드물지 않았다.

경성의 요릿집에 기생을 불러 본다는 것은 으레 호기를 부르는 한량의 자랑 이상이었다. 요릿집 중에서도 명월관은 특별했다. 경성에서 조선요리업의 '원조元祖'라는 이름이 높다 보니, 지방에서도 '명월관'이라는 간판을 내놓고 요릿집을 운영하는 이가 많았다.

일본 제국주의가 추진한 도시계획에 의해 1930년대 경성은 동경에 이어 두 번째 근대 도시로 변화했다. 대중잡지에서 수많은 명사들의 좌담회가 기획되었는데, 명월관은 그런 좌담회 장소에는 제격이었다.

기생은 하얀 종이에 작은 무늬를 찍어낸 견직물의 저고리에, 물빛의 치마를 두르고, 저고리의 작은 옷깃과 소매 입구에는 붉은색, 녹색의 화려한 무늬를 새기고, 머리 장식은 비취색과 황금색의 비녀라고 하는 귀이개를 꽂고, 봉선화로 손톱을 칠하였다. 부드러운 손가락을 두세 개의 반지로 장식하였다. 청초한 아름다움이었다.

손님이 적으면, 한쪽 무릎을 세워 술을 따르거나 담배에 불을 붙이는 정도가 보통의 서비스지만, 많은 연회 시에는 자리가 정해져 있었다.

술은 요릿집마다 음식에 따라 정해져 나왔지만, 담배는 다 각기 가지고 온 것으로 내놓고 피웠다. 기생은 계속해서 식기의 덮개와 요리를 덮은 얇은 종이를 치우고, 술잔에 따른 술을 한 번 술병에 되돌려 담고, 술잔을 따스하게 데우고 나서 다시 따랐다.

일본 술의 경우에는, 한 번에 모두의 술잔을 채우는 것이었다. 술을 마시기 시작할 때에는 '권주가勸酒歌'를 불렀다. 이는 높은 지위의 기생이 선창하고 다른 기생들이 일제히 합창하는 것이다.

불로초로 술을 빚어
만년 배에 가득 부어
잡으시는 마다 비나이다.
남산수를
이 잔 곳 잡수시면
만수무강 하오리다.
잡으시오. 잡으시오.

이 술 한잔 잡으시오.

손님 중 연장자가 첫 잔을 마시었다. 그러면 기생은 잔을 한 손으로 잡고 스스로 술을 따른 후 술 한 잔을 옆 손님에게 바친다. 차례차례 잔을 돌렸다. 술잔이 몇 번인가 오고가자 장구소리, 앉아서 부르는 소리, 가야금의 기품 있는 소리 등이 더해졌다.

노래는 시조, 가사, 각 지방의 특색 있는 잡가가 있었고, 무대의 유무와 관계없이 검무, 승무, 사고무(네 개의 북을 사방에 걸어놓고 빠르게 치면서 추는 춤) 등의 무용도 있었다.

또 일본의 유행가나 가벼운 희극식의 댄스도 있었다. 물론 유행에 아첨하는 이단적인 것이기 때문에 반드시 포상하지는 않아도 되었다. 옛날 연회가 끝날 때쯤이면 '파연곡罷讌曲'을 합창하였다.

"북두칠성北斗七星 주위로 가지 마세요.
가고 있는 손님은 멈추어 첩妾과 같이 되돌아가고
동자童子요, 빨리 신발을 가지런히 돌려놓아라.
우리는 집으로 가는 길을 서두르고 있다네."

명월관 지점 전경

당시 기생들이 요릿집 명월관의 연회에 들어가는 때에는 애교를 부리는 것으로 유명했다. 미닫이문이 고이 열리며, 보얀 얼굴과 푸른 치마가 어른댄다. 누구를 향하는지 모르게 바닥에 한 팔을 집고 인사하는 기생은 자기소개로 아뢴다. 바로 받아쳐, 손님은 마치 호구조사 담당관리처럼 구구하게 묻는다. 경성에 있는 권번의 기생과 손님의 입장에서는 이처럼 당연한 질문과 답이라도 재미있게 여겼다.

"기명妓名이 무엇이냐?"

"운선이야요."

"어떤 한자를 쓰느냐?"

"구름 운雲에 신선 선仙을 씁니다."

"그러면 고장이 어대야?"

"평양이야요."

"집은 경성, 어디?"

"다옥정이야요."

"식구는 뭐하냐?"

"홀어머니와 어린 동생 둘이 있어요."

"어느 권번에 있니?"

"조선권번이야요."

"너는 올해 몇 살?"

"스물 둘이야요."

"기생이 된 지 몇 년인가?"

"아홉 해가 되지요."

"꽤 일본어가 능숙한데 어디에서 배웠어?"

"기생학교에서 배웠지요."

"요 근래 저금을 했니?"

"그리 모으지 못했지요."

기다란 요리상을 중심으로, 여러 사람들이 둘러 앉아 웃고 떠들며, 술도 마시고 요리도 먹는 것을 모두 좋아했다. 요리상이 방에 들어오면 그것을 가운데 놓고 둘러앉았다. 기생들은 술병을 들고 서 있었다. 요릿집에서 무엇보다도 가슴을 뛰게 하는 일은 바로 기생을 볼 수 있다는 점이었다. 친할 수 있기 때문이었다. 처음 기생을 마주하면, 여염집 여자에게는 좀처럼 볼 수 없는 어여쁜 표정을 보고는 잊지 못한다. 옷이 몸에 들러붙은 듯한 아름다운 맵시, 교묘한 언사, 유혹적 웃음이 과연 그럴 듯하였다. 세상에 기생이라면, 남의 피를 빨고, 뼈를 긁어내는 요물이라 경계의 대상이었다. 그래도 남자들은 치마 뒷자락을 홀린 듯이 돌아보기도 하고, 슬쩍 코끝에 내려앉는 그 매력 있는 향기를 주린 듯이 들어 마시기도 하였다.

명월관 1호실은, 갈고리란 갈고리에는 모자와 외투가 비인 틈 없이 걸릴 정도로 항상 손님으로 붐비는 넓은 방이었다. 기생 중에 30세가 넘으면 노기로 불리었다. 한참 이십 당년에는 어여쁜 자태와 능란한 가무로 많은 장부들의 애간장을 녹인 기생들이었다. 어느 이름난 대관을 감투 끝까지 빠지게도 만들었다고 했다.

그러나 지금 보는 모습으로, 두 뺨은 부은 듯이 불룩하고, 이마는 민 듯이 훌렁하였다. 더구나 여성으로서는 차마 못 들을 음담패설이 날 적마다, 그 검은 눈을 스르르 감아 부치며, '홍홍' 하는 콧소리와 함께 뜨거운 입술을 비죽비죽 내미는 것은 음탕 그것이었다. 일행이 끼리끼리 잡담을 즐기다가 잠깐 무료한 침묵이 있은 후, 누군가 제의를 한다.

"인제 기생 소리나 한마디 들읍시다."

"그것 좋지요."

"그래 볼까요."

그렇게 되면 기생 중의 하나가 명월관 보이를 불러 퉁명스럽게 꾸짖는 듯 보이에게 분부한다. 그러면 곧 가야금과 장구가 들어온다. 하지만 갈강갈강한 목소리의 보이는 가야금을 잊기도 하고, 장구는 소리가 잘 안나, 톡톡히 꾸중을 모시었다. 하건만 그 보이는 하이칼라 머리를 긁적긁적하고는, 허리를 굽실굽실하며, 연신 '네네' 하고 시키는 대로 한다.

명월관 정문에서 기생 사진

메이저리그 선수단과 명월관 기생의 첫 만남

오늘따라 유난히 많은 신문기자들이 명월관에 해질녘부터 진을 쳤다. 검무를 준비하는 한성·대정·한남권번 기생들은 살짝 비켜 벽에 걸린 시계가 7시 30분을 가리키는 것을 보았다.

'이제 30분 남았네. 승무 춤사위가 오늘 제대로 나와야 하는데…….'

'조선의 춤과 조선의 기생이 어떠한지 미국직업야구단에게 인상 깊게 보여주자.'

명월관 2층 특1호실에 모여 다짐했다.

1922년, 하늘은 잿빛으로 그늘지고, 찬바람으로 너울져 있던 한옥 처마엔 이제 서너 개 남아 있는 낙엽마저 떨어지는 12월이었다. 그해 종로 거리에는 때 이른 솜옷으로 단단히 옷깃을 동여매는 사람들이 붐볐다. 3·1 독립만세운동이 일어난 지 어느덧 3년이 지난 경성의 12월은 그렇게 다가왔다.

1922년 12월 8일, 명월관 지점(지금의 피카디리극장 자리)에는 미국 메이저리그Major League 선수들의 환영식이 열렸다. 지금 여전히 우리에게 스포츠 영웅으로 남아 있는 박찬호, 그가 활약했던 미국의 메이저리그는 내셔널리그와 아메리칸리그의 양 리그로 나누어져 있다. 빅 리그big league라고도 한다. 현재 소속팀들은 팀당 162경기를 벌이는 정규시즌을 가진 후, 플레이오프, 월드시리즈를 거쳐 우승팀

을 가린다.

1860년대 야구가 미국 전 지역에 걸쳐 대중적인 운동으로 자리 잡았고, 1869년에는 세계 최초의 프로구단 신시내티 레드 스타킹스 Cincinnati Red Stockings가 창단하였다. 1875년에는 신시내티와 세인트 루이스Saint Louis와 루이스빌Louisville 등의 야구클럽 대표단이 모였고, 여기서 현재 내셔널리그의 기원을 찾을 수 있다.

비로소 1882년에는 아메리칸 어소시에이션American Association이라는 새로운 리그가 창설되어 내셔널리그와 경쟁하였다. 이를 전신으로 1901년에는 아메리칸리그가 창설되어, 오늘날과 같은 내셔널리그 및 아메리칸리그의 양대 리그체제를 갖추게 되었다.

1903년에는 양 리그의 우승팀 간에 월드시리즈가 처음으로 벌어졌다. 월드시리즈의 도입은 리그제의 도입과 더불어, 프로야구를 전국민적인 열광과 관심을 모으는 미국 최고의 인기스포츠로서 자리를 굳히게 했다.

1920년대부터 메이저리그 팀들은 가장 미국적인 스포츠인 야구를 전 세계에 보급하려는 시도를 했다. 우리나라에도 메이저리그 올스타 팀이 시범경기를 위해 방문하였다. 당시에는 메이저리그가 아닌 '미국직업야구단'이라는 이름으로 알려졌다.

미국직업야구단이 멀리 조선까지 와서 우리 전조선야구단과 함께 시합한 후, 선수들은 각각 자동차에 올라 조선호텔로 들어가게 되었다.

저녁 8시가 되자 전조선야구단 선수들이 이곳 명월관으로 미국직업야구단 일행 20여 명을 초대하여 환영회를 주최하였다. 명월관 식당으로 들어가기 전에는 조선 기생들의 조선 노래가 있었다. 쳐올 듯한 조선 소리에 귀를 기울이며 듣던 미국직업야구단 일행과 그 가족들은, 9시쯤되자 준비하여 놓은 명월관 2층으로 전조선야구단 선수들과 함께 올라갔다.

우리 조선 춤의 백미인 검무와 승무 외에 여러 가지 기생들의 아리따운 춤을 보고, 예전에는 전혀 보지 못했던 춤이라고 우리 옛의 예술을 칭찬하며 더 보고자 했다.

당시 너울너울 거리는 승무는 불교적인 색채가 강한 홀로 추는 춤

명월관 특1호실 공연 장면 명월관 특설무대에서 평상복 차림의 기생 11인이 포즈를 취하고 있는 사진이다.

으로, 한국 무용 특유의 '정중동靜中動·동중정動中靜'의 정수가 잘 표현되어 민속 무용 중 가장 예술성이 높다는 평가를 받았다. 승무는 1900년 이후 권번의 춤 선생님이자, 학춤의 대가인 한성준韓成俊의 노력으로 예술 무용화한 춤이다.

승무 복장을 한 기생

대개 승무의 복장은 날렵하게 걷어 올린 남색 치마에 하얀 저고리·하얀 장삼을 걸쳤고, 머리에는 흰 고깔을, 어깨에는 붉은 가사를 입었으며, 양손에는 북채를 들었다. 북을 향하여 관객을 등진다거나, 머리에 고깔을 써서 얼굴을 확연히 볼 수 없게 한 점 등은 관객에게 아첨하지 않으려는 예술 본연의 내면적인 멋을 자아내기 위함이었다.

승무의 아름다움은 정면을 등지고 양팔을 서서히 무겁게 올릴 때 생기는 유연한 능선 및 긴 장삼을 얼기설기하여 공간으로 뿌리치는 춤사위, 하늘을 향하여 길게 솟구치는 장삼자락 등이 볼 만했다. 그리고 비스듬히 내딛는 보법의 미끄러지는 듯 내딛다가 날 듯하는 세련미는 거추장스런 긴 장삼을 더할 수 없이 가볍게 만들어주었다.

승무를 반주하는 악기는 삼현육각, 즉 피리 2, 대금 1, 해금 1, 장구 1, 북 1의 편성이었다. 자진모리와 당악 장단에 맞추어 시작하는 북의 연타는 주술적인 힘을 발하여 관객을 몰아지경으로 이끌었다.

이 북소리가 멎으면 다시 긴 장삼이 허공에 뿌려지고, 연풍대筵風臺(허리를 앞뒤로 젖히며 돌아가는 춤 동작)가 있은 후 어깨춤에 사뿐한 걸음이 곁들여지고 합장하면서 춤은 끝났다.

그 다음 이어지는 검무는 전립과 전복, 전대의 복식을 한 4명의 기생들이 양손에 칼을 쥐고 추는 춤이었다. 춤의 도구로 사용하기 위해 긴 칼을 길이도 짧고, 손잡이가 돌아가는 칼로 바꾸었고, 그것을 들고 서로를 마주보며 추었다. 원래 민간에서 가면무로 행해지던 것을 조선 순조 때 궁중정재로 채택하여 오늘날까지 전승되는 춤이었다.

처음 단검을 놓아두고 어르는 동작부터 시작하여, 칼을 잡고 행하는 춤사위 등 번뜩이는 칼날의 농검弄劍 후, 검무의 절정인 연풍대를 추며 끝을 맺는다. 이 무용은 비록 칼춤이지만, 살벌함이 없이 평화롭고 유연한 동작으로 일관된 아름다운 춤이었다.

춘앵전春鶯囀은 조선 순조 때 궁중 진연의 정재라고 알려져 있다.

검무를 추는 기생

춘앵전 춤사위를 보이는 기생

어느 봄날 아침, 버들가지에서 지저귀는 꾀꼬리 소리에 도취되어 이를 무용화한 것이라 한다. 향악무의 양식을 빌었으며, 무동이나 기생 혼자서 추는 춤이었다.

춤 복장은 화관花冠에 앵삼인데, 앵삼은 꾀꼬리를 상징하는 노란색이었다. 길이 6자 가량의 화문석 위에서 비리飛履·탑탑고塔塔高·타원앙장打鴛鴦場·화전태花前態·낙화유수落花流水·여의풍如意風 등의 춤사위를 연출하는데, 특히 화전태는 흰 이를 보이며, 곱게 웃음 짓

사고무 공연을 하는 기생

는 미롱媚弄으로, 이 춤의 백미였다. 아마도 이 부분에서 메이저리그 선수단은 넋이 나갔을 것이었다.

마지막으로, 사고무四鼓舞는 기생조합 혹은 권번이 시대적 흐름에 따라 새롭게 창작한 대표적인 춤으로, 궁중무와 민속무의 구성을 섞어 만든 춤이었다. 우리 조선의 고태풍악 소리는 멀리 이국 땅까지 와서 하루의 수고를 한 미국직업야구단을 반갑게 맞아주는 듯했다. 그러나 시간이 10시 반을 가리키자, 조선호텔에서 메이저리그 야구단을 태우러 온 자동차가 명월관 문 앞에 기다렸다. 미국직업야구단은 아쉬움을 남긴 채 가기 싫은 걸음을 옮겨놓게 되었다.

미국직업야구단 일행을 인솔하며 조선까지 오게 된 감독이 바로 헌트Hunter였다. 그는 일찍부터 야구계에 명성이 있었다. 미국 내에서는 물론, 세계 여러 나라에까지 가서 야구를 위해 많은 힘을 쓴 사람으로 알려져 있다. 지금으로부터 2년 전(1920년)에는 일본까지 가

미국 메이저 야구단
남대문 역 도착
1922년 12월 7일
(《동아일보》 1922년 12월 9일)

서 와세다 대학과 게이오 대학의 야구 담임 교수로 있기까지 하였다.

12월 8일 밤, 명월관에서 열린 환영회 석상에서 헌트 감독은 답사를 했다.

명월관에서 한 헌트의 답사

"우리가 일본까지 와서 일본 선수와 싸우며 일본 선수와 피차의 기술을 다툴 때, 조선으로부터 이원용 선수와 박석윤 선수가 오셔서 우리가 오늘 이 조선이란 땅을 오게 됨은 무어라 말할 수 없는 기쁨으로 생각하든 중에 오늘과 같이 성대한 환영까지 베풀어 주시니, 우리는 여러분의 열성을 감사하는 동시에 이후에도 변치 말고 오늘에 모임과 같은 타임이 있기를 바랍니다.

여러분들이 오늘에 이와 같은 모임으로써 우리를 환대하여 주심은 언제나 우리의 기억에 남아 있을 것입니다. 금번에 우리가 이 조선까지 이렇게 됨으로 말하면, 피차의 운동을 하여 승부를 겨루고자 함보다도 우리나라와 조선과 양국 간의 친선을 목적하여 오게 된 것입니다. 이와 같은 주의 하에서 우리들은 피복에 신뢰를 하여가며 신애信愛를 하여 우리들의 잡은 바 베이스볼로써 이와 같은 이상까지 관철하기를 바랍니다.

우리가 금번에는 일본만 오게 되었든 것이나 이후에 다시 동양을 오게 될 때에는 반드시 우리가 오늘 여러분들의 사랑을 저버리지 않고 여러분들을 반가운 낯으로서 손목을 잡고자 하며 또한 새로운 명목을 가지고 다시 국제적 경기를 해볼까 합니다. 어느 때까지 여러분들의 오늘과 같은 열정을 저버리지 않겠습니다."

당시 전국조선야구단과 미국직업야구단의 맹렬한 국제적 게임의 결과는 흥미로웠다.

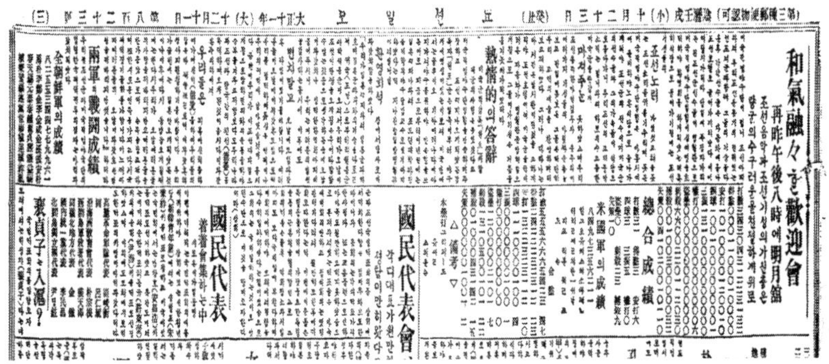

和氣融々한歡迎會

再昨午後八時에明月舘

熱情的의答辭

總合成績

米國軍의成績

兩軍의戰鬪成績

全朝鮮軍의成績

國民代表會

國民代表

〈조선일보〉 1922년 12월 11일자

1922년 전국조선야구단의 성적

포지션	선수	타수	득점	안타	사구	삼진	희생타	도루	자살	포살	실책
중견수	마춘식	3	0	1	1	1	0	0	6	0	0
포수	박천병	4	0	0	0	3	0	0	6	0	0
3루수	이석찬	3	0	1	0	1	0	0	0	1	4
3루수	정원복	0	1	0	1	0	0	0	0	0	1
1루수	김태술	4	1	0	0	0	0	0	2	0	0
2루수	이태훈	3	0	0	0	0	0	0	2	3	2
2루수	김종세	1	0	0	0	0	0	0	0	0	0
좌익수	함용화	2	0	1	0	0	0	0	1	0	0
좌익수	김정식	2	1	2	0	0	0	0	1	0	1
우익수	손희운	3	0	0	0	0	0	0	2	0	0
우익수	장의식	1	0	0	0	0	0	0	0	0	1
유격수	안익조	3	0	1	0	0	0	0	3	3	1
투수	박석윤	2	0	0	1	0	0	0	0	2	0
합 계		31	3	6	3	5	0	0	23	9	10

1922년 미국직업야구단의 성적

포지션	선수	타수	득점	안타	사구	삼진	희생타	도루	자살	포살	실책
중견수	헌터	5	2	1	1	0	0	1	1	0	0
2루수	그리피드	5	4	3	1	0	0	2	3	1	0
우익수	폴크	5	2	2	1	0	0	0	1	0	0
좌익수	뮤셀	6	2	2	0	0	0	0	0	0	0
1루수	켈리	6	2	3	0	0	0	0	5	0	0
3루수	스티븐슨	6	3	2	0	0	0	0	0	4	0
유격수	레반	5	2	3	0	0	0	2	0	3	1
포수	소오웨	4	3	1	1	1	0	1	1	1	0
투수	쁘쉘	2	1	1	0	0	0	0	0	4	0
투수	펜낙크	3	2	2	0	0	0	1	1	2	1
합 계		49	23	20	4	1	0	7	22	15	2

홈런	그리피드, 뮤셀, 스티븐슨
3루타	켈리
2루타	헌터, 그리피드, 뮤셀, 켈리, 이석찬, 함용화, 김정식
잔루	조선 3, 미국 7
일구逸球	김봉술, 박천병(3에서)
구심판	모리애리태
루심판	이원용
시합시간	1시 50분간
회수	9회

조선 팀은 박석윤 투수가 완투를 하였고, 총 23실점을 했다. 반면 미국 팀은 쁘쉘 선수와 펜낙크 선수가 교대로 던졌다. 이 두 선수는 조선 팀 타선을 상대로 3점만을 내주며 23:3이라는 큰 점수 차로 승

리했다. 20점차면 엄청난 점수 차이였다. 지금의 콜드 게임이라고 할 정도였다. 이렇게만 보면 조선 선발 투수 박석윤 선수가 너무 못한 것이 아니냐는 생각이 들 수도 있지만, 조선의 실책이 무려 10개에 달하는 것을 보면 7~8점 정도는 내주지 않아도 될 점수였다.

물론 피홈런이 3방이나 되므로 실력 차에 의한 대량 실점 의혹은 피할 수 없었다. 3루수 이석찬 선수는 3타수 1안타(2루타)를 쳤으나 실책 4개로 인하여 질책성 교체되었다. 잡아준 아웃이 1개에 불과했다. 교체되어 들어온 정원복 선수는 사구를 얻어내서 출루한 다음 득점까지 연결했다만 역시 실책 1개가 있었다. 조선은 핫코너인 3루 방면에서 실수를 연발하며 자멸했다.

조선에서 가장 뛰어난 활약을 펼친 선수는 좌익수 김정식 선수였다. 2타수 2안타로 조선 내 유일한 멀티히트를 기록했다. 내용 면에서도 2루타에 1득점까지 하였으니, 요즘으로 따지자면 추신수 선수 쯤 될 듯 보인다. 이 경기에서 조선은 총 6안타를 기록하며 경기를 마감했다.

1922년 12월 11일 메이저리그 팀과의 경기 사진

반면 미국은 역시 야구의 강대국답게 장단 20안타로 조선 마운드를 맹폭했다. 교체도 투수 이외에는 없었다. 투수진이 조선 타선을 틀어막은 것도 돋보이지만, 타자 중에 그리피드 선수가 특히 눈에 띄었다. 5타수 3안타에 홈런도 1개, 2루타도 1개, 사구 1개, 득점은 무려 4점이었다. 도루도 2개나 하며 조선 내야를 뒤흔들었다. 호타준족인 선수임이 틀림없다.

미국 측이 도루 7개를 하며 조선 내야진의 얼을 빼는 동안, 조선 선수들의 발은 침묵했다. 기록상으로 드러나진 않지만 미국 포수 소오웨 선수의 강한 어깨에 의해 여러 차례 저지당했다. 삼진도 조선이 5개를 당하는 동안 미국은 단 1개를 당하였다. 의외로 사구 부문은 양국이 비슷했다. 조선이 3개를 얻었고, 미국은 4개를 얻었다.

결국 경기는 1시간 50분 만에 싱겁게 종료되고, 결과는 23:3으로 미국의 대승이었다. 당시만 해도 조선이 미국을 이긴다는 건 백 년이 지나도 어려운 일이라고 생각했을 것이다. 하지만 백 년보다는 빨리 한국 야구는 2008년 북경 올림픽 야구 경기에서 미국을 꺾고 금메달을 얻어, 세계 제일의 자리를 차지하는 데 성공했다.

당시 전국조선야구단의 주장인 박석윤은 미국직업야구단 일행과 같이 12월 9일 오전 10시 10분 남대문발 봉천행 급행열차로 개성까지 갔다가 12월 10일 오전에 돌아왔다.

이처럼 1922년에 마이너리그 트리플A 선수를 주축으로 메이저리그 선수 2~3명이 보강된 미국 올스타 팀이 조선을 방문했던 것이었다.

12월 8일 용산 만철구장에서 벌어진 이 경기에는 엄청난 인파가

몰려, 경성전기는 종로에서 신용산으로 통하는 전차노선에 임시열차까지 배차했다. 입장료는 지정석 5원, 일등석 3원. 당시 쌀 한 가마니 값이 28원이었으므로 적지 않은 금액이었다. 그래도 관중은 꽉꽉 들어찼고, 총 입장 수입은 1,700원이나 됐다.

한편, 2년 전인 1920년 11월에는 전조선야구대회가 열렸었다. 이 대회는 현재 전국체육대회의 기원으로 인정을 받았다.

요릿집 명월관의 발자취를 따라가며(1)—황토현 시절

일제 강점기는 망국의 우수가 모든 사람들의 일상을 우울하게 만들던 때였다. 나라를 잃은 울분, 벼슬을 빼앗긴 좌절감, 혹은 기우는 가세를 지키는 지주들의 초조함. 한편에선 새로운 권세를 누리며, 별천지를 만난 기회주의자들의 방탕, 일제 관료배들의 방자가 넘실대던 세태였다. 이런 사회의 분위기가 만들어낸 요릿집이 바로 명월관이었다. 그럼에도 불구하고 명월관은 외국 사절단에게 유일하게 접대할 수 있는 공간이었다. 주말에는 결혼식장 또는 혼례연회장으로 많이 이용하였다. 더구나 대학의 사은회도 매 학기 열었다. 당시에는 늦저녁이 되면 낯익은 모습으로 명월관의 '보이'들이 현관문 앞에 늘어선 채, 손님이 도착하면 예약된 호실로 안내했다.

1903년 9월 17일 개관한 명월관은 기생 요릿집의 대명사로만 알려져 있었다. 당시 풍토에서 조선 요릿집이란 벤처산업 가운데 하나였다. 이것이 한국 현대사에 자리매김하고 있는 명월관이다. '명월관明月館'은 '청풍명월淸風明月'에서 따온 이름으로, 명사와 한량들에게 편안한 장소와 푸짐한 음식을 대접하여 요릿집의 대표적인 브랜드를 쌓았다. 당시 일본식 요릿집을 이어받으면서 조선식 궁중요리를 내놓은 집이 바로 명월관이다. 궁내부 주임관奏任館과 전선사장典膳司長으로 있었던 안순환이 궁중에서 나온 뒤 생겨난 요릿집이었다. 전신은 '조선요리옥'이었다.

1912년 여름, 안타깝게도 도로 개정으로 인하여 명월관의 일부를 훼손당했다. 현재 1층에서 확장하여 신라식, 조선식, 서양식의 건물이 있었고, 설비가 완전하여 대소연회에 민첩하게 준비하였다. 인테리어나 물품이 사치스럽지만 가격은 저렴했다. 손님을 대할 때에는 지극한 정성으로 적극적으로 알선하였다. 유명한 노래를 부르고, 아름다운 춤을 추는 기생이 있어서 귀빈과 신사의 심신을 즐겁게 하고, 맑은 홍치를 일으키는 것이 명월관의 특색이었다.

그러나 오히려 공간이 부족하여 1913년 봄부터 13만 원의 자금을 투자하여 확장하되 각처에 지점도 출장하게 하였다. 바로 이 문구가 음식점 프랜차이즈의 단초를 설명하는 대목이다. 이때부터 전국 각지의 명월관 지점이 생긴다.

1913년 명월관 새해인사 광고

1912년 12월 18일

〈매일신보〉에서 「상점평판기」를 연재하면서 '조선요리점의 시조 명월관'이 등장하였다. 신문 기사 내용을 보면 당시 많은 요릿집에 대한 정보를 제공하고 있었다. 근래 10년 전 조선 내에서 요리라 하는 이름을 알지 못할 때, 이른바 다양한 약주가藥酒家 외에 전골집, 냉면집, 장국밥집, 설렁탕집, 비빔밥집, 강정집, 숙수집 등이 있다는 점을 들 수 있었다. 먼지가 산처럼 쌓인 식탁 위에 있는, 전라도 큰 대나무를 여러 갈래로 찢은 긴 젓가락을 세척하지 않았다는 것을 보면 당시 위생 개념은 없었다. 이러한 와중에 신식의 청결한 요릿집이 생겼는데, 바로 황토현의 조선요리점의 비조 명월관이라 말하고 있다. 당시 경성은 조선의 수도로 내외인의 교제가 빈번하였는데 마땅한 음식점이 없었다고 강조하였다. 그것을 알고 선견지명을 한 이가 바로 명월관 주인 안순환이라고 설명하였다. 그 당시 2,000원의 자본으로 신식의 요리점을 창설하여 1,300명을 초대했다. 그 환영회는 명월관이 아니면 능히 거행치 못했다고 하면서 그 규모도 자랑했다. 명성이 내외 분분하여 조선에 내유하던 서양인, 동양인은 모두 명월관을 방문했다.

명월관에서 자체 제작한 기생사진엽서

황토현에 있던 명월관 본점은 1919년 5월 24일에 불타버렸는데,

화재 원인에 대해 당시 여러 이야기가 나돌았다. 그 후 이곳을 동아일보사가 인수한다. 동아일보 사옥은 화동에 있던 중앙학교를 빌어 설립되었다. 동아일보사는 이곳에서 7년 동안 지낸 후 새 사옥 건립 계획을 세웠다. 새 사옥 터는 조선총독부를 감시한다는 뜻에서 총독부가 보이는 경성의 중심지 황토현, 지금의 광화문 네거리에 자리를 잡았다. 불타 없어진 명월관과 그 부근 땅을 구입하였다. 이 건물은 1963년 동아방송이 개국하면서 지상 6층짜리 건물로 증축하게 되었고(현재는 지상 5층 규모다), 1992년까지 동아일보사의 본사 사옥으로 쓰이다가, 중구 충정로에 새 사옥을 건설하면서 문화공간으로 탈바꿈한다. 1994년 동아일보사 명예회장이자 인촌 김성수의 아들인 김상만의 호를 따서 일민문화관으로 명명된 이 건물은 1996년 일민미술관으로 이름을 바꿔 지금에 이르고 있다. 서울 지하철 5호선 광화문역 5번 출구 바로 앞에 위치해 있다.

요릿집 명월관의 발자취를 따라가며(2)—명월관 별관 태화관과 3·1 독립선언문

1918년 명월관 주인 안순환은 인사동의 순화궁을 명월관의 별관으로 삼아 태화관泰和館이라는 간판을 내걸었다. 이곳은 조선 후기 헌종의 후궁인 경빈 김씨의 순화궁順和宮이었는데, 친일파 이완용의 소유로 넘어갔다. 1918년 벼락이 떨어져 이 집에 있던 고목이 둘로 갈라져 넘어지자, 이에 놀란 이완용이 팔려고 내놓은 것을 마침 안순환이 세를 들어 명월관의 별관으로 사용한 것이다. 순화궁에는

태화관 건물

'태화정'이라는 정자가 있어 이름을 태화관太華館이라 하였다가 뒷날 태화관泰和館으로 고쳤다. 2층 건물인 태화관은 크고 작은 방이 많아 서울의 부호와 조선총독부 관리 등 친일파들이 즐겨 찾는 서울의 명소가 되었다.

특히 3·1 운동 때에는 민족대표 33인 가운데 29명이 이곳에 모여 대한독립만세를 부르다가 일본 경찰에 연행되었는데, 이로 인해 태화관은 더욱 유명해졌다. 1919년 3월 1일 오후 2시 무렵 민족대표 29인은 주인 안순환으로 하여금 조선총독부에 미리 전화를 걸게 하여, 이곳에서 민족대표들이 독립선언식을 거행하며 축배를 들고 있다는 사실을 알렸다. 바로 이 지점 2층이 민족대표 33인이 모여 독립선언을 했던 만세의 진원지가 된 것이다. 이 독립선언의 산실은 2층 동쪽 끝 방으로 '별유천지 6호실', 곧 태화관 후원 깊숙한 언덕에 위치한 태화정이었다. 만세를 부르기 전에 고종황제의 빈소가 차려진 남쪽 문을 열어 만세 소리가 빈소에까지 들리게 하는 배려를 했다. 이어 출동한 80여 명의 일본 경찰에게 포위된 가운데, 만해 한용운이 대한독립만세를 선창하고, 나머지 민족대표들이 제창한 뒤 일본 경찰에 연행되었다. 한 가지 역사의 아이러니는 친일파 이완용의 집에서 민족대표가 모여 3·1 운동 독립선언식을 거행했다는 점이다. 그러지 않아도 친일파로 욕을 먹고 있던 차에 자기 소유로 되어 있던 집에서 그런 일이 벌어져 이완용은 더욱 난감했다.

이 무렵 태화관에는 서양 악대가 등장하여 인기를 모았다. 원래 양악대는 궁정에서 큰 행사가 있을 때 쓰기 위해 둔 것이 처음이었는데, 몇 해 세월이 흐르게 됨에 따라 이 궁정 양악대 출신들이 시중에 흘러나와 '우미관'의 양악대와 '단성사'의 양악대를 꾸며 태화관에 등장하였다. 손님들은 양악대의 경쾌한 음악에 맞추어 기생들과 함께 춤을 추었다. 이때 유행한 춤은 지금 같은 사교춤이 아니라 러시아 사람들이 가져왔다는 코자크 민속춤으로 '앉은뱅이 춤'이라고 불렀다.

결국 일제의 압력에 의해 안순환은 태화관을 폐업하고 새로 식도원을 차리게 된다. 이러한 상황에는 연유가 있었다. 당시 남감리회 여선교부가 태화관을 사겠다고 나섰다. 1920년대 남감리회 여선교부는 '여자관女子館'을 설립해서 지역사회에서 요구하는 사회봉사 및 복지사업을 통해 복음을 전하려는 '개방 선교'를 추진하고 있었다. 이런 때에 종로 한 복판, '가우처기념예배당(중앙교회)' 바로 옆에 위치한 태화관이 '매물'로 나왔던 것이다. 남감리회 서울 지역 여성 선교를 담당하고 있던 마이어즈(M. D. Myers, 마의수)는 집주인 이완용

측과 '1년 담판'을 거쳐 1920년 12월 11일, 이 집을 매입하는 데 성공했다. 매입 자금(20만 원)은 미국 남감리회 선교 본부에서 보내준 '선교1백주년기금'으로 충당했다.

그런데 문제는 세 들어 있던 명월관 측이 임대계약기간이 아직 남았다면서 집을 비워 주지 않는 것이었다. 여선교부와 음식점 사이에 비무장 '전투'가 전개되었다.

"마이어즈 선교사는 전도부인 이숙정과 박화정을 데리고 태화관에 방 하나를 차지하고 들어가 찬송을 불렀어요. 그러자 요릿집 주인 안순환은 기생들을 시켜 밤새도록 장구치고 노래하면서 잠을 못 자게 했지요."

전도부인들의 찬송과 기생들의 창가 대결로 요릿집은 더욱 시끄러웠다. 마이어즈는 방법을 바꾸어 명월관 사람들이 지쳐 잠자고 있던 대낮에 중앙교회 청년들을 동원해 정문 기둥에 꽂혀 있던 명월관 기旗를 내렸다. 저녁에 영업을 준비하던 명월관 사람들이 놀랐지만 '외국인'에게 깃발을 돌려 달라고 할 수 없었다. 대신 새 깃발을 꽂았다. 그러면 다음날 마이어즈와 교인들이 그걸 다시 내렸다.

"그런 식으로 며칠 기 싸움을 하다가 하루는 명월관 기를 내리고 대신 미국 국기를 꼽았어요. '미국인 소유'라는 의미였지요. 그제야 명월관 측에서 손을 들었어요. 명월관 측을 배후 지원하던 귀족·양반들이 자칫 외교 문제로 비화될 것을 우려해 손을 뗀 때문이지요."

'열흘 기 싸움' 끝에 마침내 마이어즈는 태화관을 점령하는 데 성공했다. '미국 국기'의 위세에 밀린 안순환은 명동 입구에 '식도원'이란 음식점을 내고 그리로 옮겨갔다.[01] 현재는 12층의 태화기독교

사회복지관 건물이 들어서 있다.

요릿집 명월관의 발자취를 따라가며(3)—돈의동 본점과 서린동 지점 시절

불에 탄 명월관의 상호와 시설은 1920년에 이종구에게 넘어간다. 그는 한말에 육군 정위로 군관학교 교장을 역임한 이규진의 아들로, 외국어학교를 나와 잡화상과 주식 거래소를 하여 돈을 벌어 명월관을 수만 원에 구입하게 된다. 당시 '명월관'은 어마어마한 브랜드 가치를 가지고 있었다. 요식업계의 대부인 안순환은 명월관의 본점을 팔고 1922년에 남대문통 1정목 16번지, 지금의 태평로 1가 인근에 식도원을 차린다. 명월관의 절반 정도의 규모에 절반 정도의 수입을

지금의 피카다리극장 자리로 옮겨진 명월관 전경(1930년경)

벌었지만, 식도원과 명월관은 요식업계의 양대 라이벌이었다. 식도원은 1935년까지는 안순환이 경영하였다. 현재 그 자리에는 옛 조흥은행 본점이 들어서 있다.

명월관은 고유한 조선요리나 서양요리를 만들었으며, 주요 손님은 고위 관료와 재력가, 외국인 등이었다. 또한 친일계 인물이 자주 드나들었으며, 문인과 언론인들도 출입하였다. 1932년 조사에 의하면 하루 매상이 500원 이상이었고, 종업원의 숫자도 120여 명이나 되었다. 종업원에는 손님을 안내하는 '보이', 음식을 만드는 '쿡', 인력거 '차부車夫'까지 포함되었다.

명월관에는 아주 귀한 손님이나 그윽한 곳을 찾는 손님에게 제공되는 특실이 있었다. 바로 2층에 있는 '매실'이었다. 아무나 들여 놓을 수 없기에 그 방을 유독 고집하는 손님도 많았다. 아래층은 온돌이었으나 2층은 마룻바닥에, 일부는 양탄자, 일부는 다다미를 깔았다. 겨울에는 숯불을 피운 화로가 방 가운데 놓여 있었다.

領收証
右金額正領收候也
明月館

1940년 발행된 명월관 영수증

명월관의 경영 방침은 외상이 후하고 외상값 독촉을 심하게 하지 않는 것이었다. 그 덕분에 손님이 끊이지 않았다.[02]

요릿집 명월관의 발자취를 따라가며(4)—광복 후 현재

중일전쟁과 태평양전쟁이 시작되면서 요릿집은 더 이상 영업을 하지 못하게 되었다. 이에 기생들은 간호원이나 정신대로 끌려가 한때 폐쇄됐다. 1945년 광복한 후에 명월관은 조선 학도대에서 연희전문학교 본부로 사용되었다. 그 후 좌우익의 혼란기에는 남로당의 지하 활동이 있었는가 하면, 미군정의 야사도 이런 데서 엮어졌다. 요정정치라는 말이 만들어진 것도 이 무렵이었다. 그 후 미군정 시절에 미군 전용 '카바레'로 이용됐다.

지금도 기생 하면 떠오르는 이미지가 '기생관광', '기생파티', '기생출장', '기생집', '기생천국의 나라' 등으로 인하여 '요정과 기생'을 연상하게 된다.

1970~80년대 밀실정치, 이른바 '요정정치'는 고위급 관료들이 요정에서 기생과 더불어 술을 마시며 국정을 논의하던 말에서 비롯됐다. 당시 요정은 여야 고위 정치인의 회동과 1972년 남북적십자회담, 한일회담의 막후협상 장소로 이용되었다. 제4공화국 유신 시절 요정정치의 상징이었다.

한국전쟁 이후, 1960년대에 들어서면서 3대 요정이었던 삼청각, 청운각, 대원각 등에 비해 명월관은 1963년 4월 광진구 광장동 산21 개관한 워커힐Walkerhill 호텔에 옮겨가게 된다.

1973년 선경개발(주)에서 인수하여 SK그룹 산하의 계열사가 되었으며, 법인명을 (주)워커힐로 변경하였다. 명월관은 1종 유흥음식세로 1975년에 49만 1천 원을 납부할 정도로 큰 규모였다.

지금은 '쉐라톤 그랜드 워커힐Sheraton Grande Walkerhil' 호텔의 숯불갈비 전문음식점 '명월관'으로 유구한 역사를 뒤로 안고 영업을 하고 있다.

쉐라톤 그랜드 워커힐에 있는 숯불갈비 전문점 명월관

예전 명월관 본점은 원래 현재의 동아일보사 사옥 자리에 있었고, 1919년 이후 본점 자리는 현재 피카디리극장 자리로 옮겨졌다. 1971년 〈중앙일보〉에 글을 연재한 조선권번 출신 이난향의 회고에서 보더라도, '명월관'은 요릿집 '공간' 이상의 의미를 가지고 있음을 쉽게 알 수 있다.

특히 일본 동경의 명월관은 비교적 후대에서야 비로소 알려진 곳이었다.

일본 동경 고지마치(麴町)에 있었던 조선요릿집 명월관 전경

신문 광고 문안 〈동아일보〉 1932년 1월 10일자

일본 제일의 조선요리
동경東京 명월관明月館
동경 시 고지마치 구麴町區 나가타 초永田町(山王下)
전화 긴자銀座 57-0057번, 57-3009번

최고의 역사를 두고 찬란한 광채를 가젓든 우리 문화가 세월의 추이됨을 따라 부지중 소멸 되어감은 누구나 다 통탄하는 바이외다. 그 잔해殘骸의 일부나마 외인外人에게 소개함으로써 우리의 존재를 인식케 하는 것이 해외에 있는 우리들로서 마땅히 할 의무의 한 가지가 아닌가. 확신하여 통속적으로 고국을 선전하는 기관으로 명월관을 경영하던 바 사회의 동정과 원조를 받아 소기所期 이상의 성과를 얻었음으로 그의 일단을 보고함도 무익한 일이 아닌가 합니다.

조선인 생활의 양식과 습관, 고유의 문화를 소개하려는 명월관은 비록 태생한 지는 수개월에 불과하나, 영업 방침이 조선을 대표한다는 대국하에 있음으로 경영자 자신일지라도 사리사욕을 불허합니다. 그럼으로 설비라든지 음식물이라든지 일익日益 연구하여 내임으로 조선에 이해가 없던 손님과 이상飴商의 소녀를 보고 조선을 논하든 인사의 이목을 경악케 합니다.

그뿐만 아니라 간평干坪 부지에 포위된 광대한 건물과 금강산을 모사한 듯한 정원의 수지樹枝까지라도 조선 정신이 결정되지 아니한 곳이 없습니다. 그럼으로 명월관을 '소조선小朝鮮' 또는 '조선의 축소경'이라는 별명을 어떠함도 우연이 아닌가 합니다.

명월관의 출생은 동경 사회에 일대 '센세이션'을 일으키게 되어, 일류 인사가 운하雲霞와 갈이 모여 개접 만 2개월 이래 연일연야連日連夜 만원의 대성황으로 증축까지 하게 된 것은 오직 관주館主의 큰 영예일 뿐 아니라 애호하여 주시는 만천하 동포 첨위께서도 함께 기뻐해주실 것으로 믿습니다.

동경 명월관 주인백主人白

1932년 2월호 〈삼천리〉 잡지 기사에는 '삼천리 벽신문' 소식란이 '동경 명월관'의 내용을 소개하고 있다.

"동경 명월관의 번창은 최근 동경서 온 사람의 이야기를 듣건대 동경에 명월관이란 조선요리점이 생기었는데 그것은 건물도 순純 조선식의 주란화벽朱欄畵壁이요, 음식도 신선로에 김치깍둑이요, 음악도 에—이— 하는 3현 6각이요, 노래도 '추심가愁心歌'요, 육자박이며 서비스하는 이도 전부 화용월태花容月態의 치마저고리 입은 기생 10여 명이라는데 손님의 대부분은 일본인들로 요즈음 많은 날의 하로 매상고가 5천 원을 초과하였고 그렇지 못한 날도 2천 원, 3천 원을 보통 된다는데 어째서 이렇게 명월관이 유명하게 발달하는가 하면 조선 기생의 요염한 자태에다가 조선의 독특한 음식이 그네의 호기심을 끄은 까닭인 듯 하다고."

당시 1932년 〈동아일보〉 광고에는 '기생의 말'도 소개되어 있다.

기생의 말

우리들이 기생 생활하든 중 동경 명월관에 종사하게 된 오늘처럼 행복으로 생각되는 때는 업습니다. 기생의 행복이라 할 것 같으면 봉이나 물었거나, 미남자의 새서방이나 얻었다고 생각하시는 분도 있겠지만 기생의 영업 대조는 그것이 아닌 줄 믿습니다. 동경 명월관에서 제일 행복으로 생각되는 것은 처신 명절을 잘 배운 것이외다. 우리 조선서는 기생이 불러주신 손님의 손님이 되어 손님의 접대라는 것은 아주 모르고 심한 자는 손님 앞에서 버릇없는 것, 무례한 짓을 막합니다.

이러한 것은 우리 기생들의 타락을 의미하는 것이니 위신 향상을 위하여 고쳐야 될 줄은 믿으나 문견이 업는 탓으로 고칠 기회가 업더니 이곳 와서 상류의 상류 손님만 접대하게 되니 자연히 고쳐졌습니다. 그뿐만 아니라 가정생활의 양식도 많이 배워서 지금은 살림을 간다하더라도 가정의 통활자인 주부의 일을 능히 할 것 같습니다. 아침잠, 낮잠 물론 고쳤습니다.

그 다음의 행복으로 생각하는 것은 우리 미약한 여자의 몸이 우리 문화를 외지 사람에게 소개함으로써 조선을 이해하여 주는 사람이 날마다 늘어가는 것이올시다. 그럼으로 우리들이 춤추는 순간 가야금, 거문고 듣는 동안 그 잠시 사이라도 국제적 중대한 사명을 가지고 잇다는 생각이 떠나지 않습니다.

끝으로 행복하게 생각되는 것은 우리들의 벌이도 좋다는 것이외다. 매일 밤이 되면 권객만래의 몸이 열 쪽이나 내고 싶으니 바쁩니다. 그럼으로 우리 가족도 동경 명월관에 있음으로써 생활이 안정되었습니다. 이렇게 전황한 세월에 이외에 더 행복한 일이 어떻게 있겠습니까? 이곳 동경 명월관에서는 언제든지 고국서 오시는 기생은 채용합니다. 여러 동무들에게 참고하시기 위하야 채용하는 표준을 써 드립니다.

一. 조선 사람으로 빠지지 아니할 만한 얼굴과 태도.

二. 일본말 아시는 분.

三. 각색춤, 거문고, 가야금, 양금 잘하시는 분.

이상에 한 가지 또는 두 가지 이상 적합하시는 이면 채용하여드립니다. 희망하시는 분은 전신全身 사진에 의사의 신체 검사증을 첨부하여 보내시면 우리들이 잘 말씀하여 드리겠습니다.

끝으로 행복을 일신에 지고 있는 우리들의 이름이 이렇습니다.

경성 출신

죽향竹香, 영월英月, 산월山月, 난향蘭香, 추월秋月, 금월琴月, 금주錦珠

평양 출신

보석寶石, 산옥山玉, 소희素姫, 춘사春史, 기화奇花

남도 출신

옥란玉蘭, 매월梅月, 채월彩月, 명옥明玉, 도화桃花

〈동아일보〉
1932년 1월 10일
동경 명월관 광고

일본 동경 고지마치에 있었던 명월관 내실에서의 기생 서화 사진

명월관은 일본의 정관계 인사들이 식민지 조선 통치를 기획하고, 의견을 나누던 밀실정치의 거점이었다. 조선총독부 고위관들과 당대 부호들이 드나들던 서울의 명월관과 마찬가지로, 동경에서 고급 사교클럽 역할을 했던 셈이다.

명월관이 자리잡은 동견 고지마치 구 나가타 초는 일본 국회의사당과 수상관저 인근으로, 고급 레스토랑과 요정料亭이 밀집한 곳이다. 요즘도 한국인들이 자주 찾는 술집 지역 아카사카가 지척에 있다.

2001년 3월 27일자 〈조선일보〉 기사를 보면 이에 대한 구체적인 내용을 볼 수 있다.

"일본의 조선 관련 고위 인사들은 최고급 조선요리와 전통 공연을 레퍼토리로 갖춘 명월관을 자주 찾은 것으로 나타났다. 당시 이곳에서 조선총독부 인사들의 송별식·환영식이 자주 열렸다. 춘원 이광수도 동경 명월관을 방문한 기록을 <조광> 1937년 3월호의 '동경문인회견기'에 남겼다. 와세다대 은사였던 요시다 교수와 야마모토 개조사 사장 등 문인들과 일본식 고급 요정에서 저녁을 함께한 춘원은 조선 요정에 가보고 싶다는 주위 권유에 따라 2차로 명월관을 찾는다.

'명월관은 상당히 고급 건물이었다. 집도 좋거니와 정원도 밤에 보아 자세히는 알 수 없어도 상당한 모양이었다. 어린 기생도 4~5인 있었다.'

춘원은 그러나 음식은 그다지 맛이 없었다고 기록하고 있다.

명월관은 '조선 문화의 창구'라는 나름대로의 인식 아래, 식당을 찾는 일본 엘리트 계층에게 우리 문화를 소개하기 위해 노력했다."

이처럼 서울 명월관의 인기와 명성에 힘입어, 일제 강점기 동경의 나가타 초 명월관과 시기를 앞서거니 뒤서거니 하면서, 간다神田와 신주쿠新宿 등 몇 군데에서도 '명월관'이란 이름의 요릿집을 영업했던 것으로 문헌들은 전한다.

일본 동경의 명월관 정원

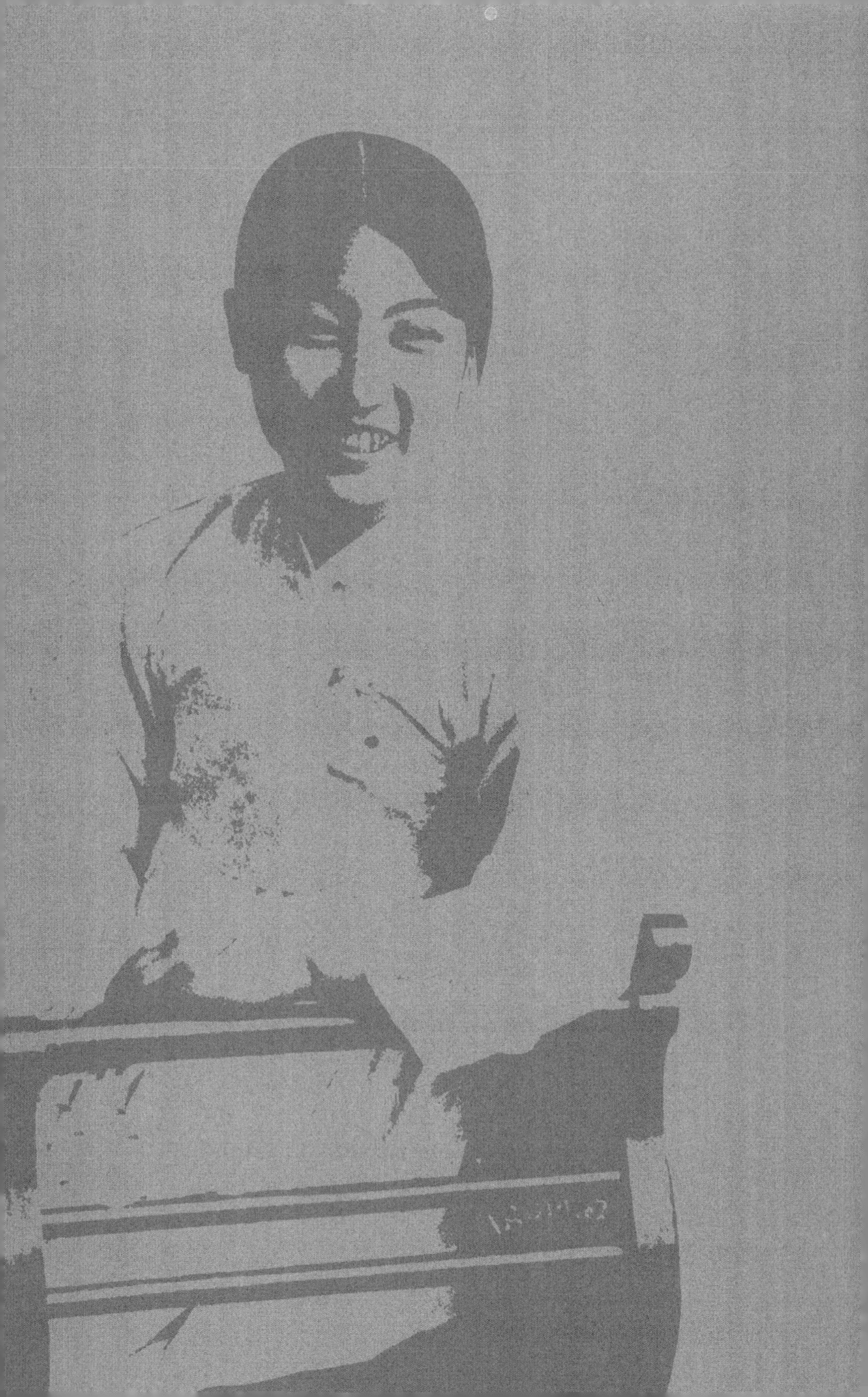

근대 대중문화계를 뒤흔든 샛별

근대의 대중스타, 기생

우리나라에서 '대중문화大衆文化'라는 말이 최초로 사용된 것은 〈조선일보〉 1933년 4월 28일자 사설社說로 알려지고 있다. 대중문화의 스타로서 연구 대상인 권번 기생은 시기상 백 년이 못 되는 과거이다. 역사의 관점에서 보면, 거의 동시대의 삶과 별반 다르지 않다.

1930년대는 일제에 의해 '강제된 근대'로, 우리 민족의 처절한 수난시대에 해당한다. '근대近代'라는 개념은 여전히 극복의 대상이다. 여러 분야에서 논의하면서 확대되어 재생산되곤 한다. 그래도 아직까지 그것에 대한 개념 규정이나 내용에 관해서는 일치된 견해를 찾기 어렵다. 근대화의 척도로 '대중매체의 광범위한 보급'도 꼽는다. 이것을 통해 봉건사회에서 자본주의 사회로의 근대화 개념과 보편적인 근대화의 개념을 구분지어 설명할 수 있다.

이 시기에 평양 기생 출신에서 대중스타로 변신한 왕수복王壽福

(1917~2003)의 등장은 '레코드'라는 대중매체를 통해서 근대화의 척도로 주목되는 사건이었다. 조선의 억압되어 갇혀있던 기생이 대중가요의 인기 가수로 변신한 것이다.

아울러 근대에는 사진도 대중화되면서 사진엽서를 대량 생산하고 유통하기 시작하였다. 사진엽서는 도시의 여기저기 토산품 가게에 진열된 인기 상품이었다.

1920년대 대중음악을 꽃 피운 명기·명창

당시 1930년대 일반인들이 근대성을 경험할 수 있었던 경로로서는 우선 라디오, 축음기, 영사기 등의 '기계'들과 전람회, 박람회, 운동회, 영화관, 유람단 등에 의해 형성되는 '조직'이라 할 수 있다.

기생 도월색

여기에 빠짐없이 등장하는 것이 권번의 기생들이다. 소속된 기생들은 주로 라디오의 음악방송에 출연하였다. 축음기의 음반을 취입하여 대중적 인기 가수의 반열에 올라선 이들도 있었다.

레코드 산업은 1920년대 중반부터 시작되었다. 판소리와 민요 등을 일본에 가서 취입한 사람들은 당대의 명기·명창들이었다. 1925년 11월에 발매한 '조선소리판'이라는 레코드에, 당시의 일본 유행가를 처음 우리말로 부른 노래인 〈시들은 방

초〉를 취입한 사람이 기생 도월색都月色이었다. 또 하나의 대중가요 〈장한몽〉은 김산월金山月이 불렀는데, 그녀 역시 기생이었다. 나아가 1930년대 이후 레코드 산업이 본격화되자, 당대 명기·명창들은 서둘러 레코드 업계로 진출한다.

1930년대에는 스포츠가 볼거리와 유흥의 대상으로서 등장하기 시작했다. 또 미국 영화의 상영으로, 도시적 감수성, 서구화된 육체와 성에 대한 개방적 관심이 증폭되었다. 이에 따라 '모던 걸'과 '모던 보이'가 거리로 쏟아져 나온다. 이에 맞추어 당시 보급되었던 '카페'의 여급도 기생 출신이 많았다.

이 시기에 평양 기생 출신에서 대중 스타로 변신한 왕수복(1917~2003)의 등장은 주목할 만하다. 왕수복이 태어난 시기는, 한민족의 3·1 운동에 위협을 느낀 일제가 종래의 무단정치 대신 표면상으로는 문화정치를 표방하던 때였다.

일제는 서둘러 관제를 고치고, 조선어 신문의 발행을 허가하는 등 타협적 형태의 정치를 펴는 듯하였다. 그러나 내면으로는 민족 상층부를 회유하고, 민족분열 통치를 강화하였다. 〈동아일보〉, 〈조선일보〉, 〈시대일보〉 등 우리말 신문의 간행이 바로 이러한 문화정치의 산물이다.[03]

이 시기에 왕수복은 12세가 되자 평양 기성권번의 기생학교에 입학하고, 졸업 후에 레코드 대중 가수로 데뷔하기 위한 준비를 한다. 이어 왕수복은 콜롬비아에서 포리돌 레코드로 소속을 바꾸면서 '유행가의 여왕'으로 등장한다.

왕수복은 건장한 몸집에서 우러나오는 우렁차고, 기운 좋고, 세찬 목소리를 갖고 있었다. 특히 평양 예기학교, 즉 기생학교를 졸업한 만큼 그 넘김에는 과연 감탄하지 않을 수 없다는 레코드 문예부장 왕평王平의 회고가 남아있을 정도이다.

본래 성대에서 우러나오는 목소리가 아니라 순전히 만들어 내는 소리이면서도 일반 대중에게 열광적인 대환영을 받아, 〈고도의 정한〉은 조선 유행가 중에서 가장 크게 유행했다. 레코드 판매 매수도 조선 레코드계에 있어서 최고를 기록했다. 이처럼 왕수복은 평양 기생으로서 세상을 놀라게 하는 대가수가 되었다. 그러자 콜롬비아, 빅타 등 각 레코드 회사들은 가수 쟁탈전을 벌이기 시작하였고 특히 평양 기생들을 둘러싸고 경쟁이 전개되는 양상을 띠었다.

포리돌 레코드 회사의 신문 광고 〈왕수복취입집〉
'반도 제일의 인기 화형 가수'라 소개하고 있다.

그 당시 1930년대는 한국 음악사에서 가장 중요한 때였다. 근대 음악사의 발전 과정에서는 그 시대가 새로운 대중음악을 등장시킨 하나의 전환기라고 할 수 있었다. 그러한 중요한 획을 그은 이가 바로 평양 출신 기생 왕수복이었다.

1928년에서 1936년 사이에 콜럼비아, 빅타, 오케이, 태평, 포리돌, 리갈, 시에론 등의 각 레코드사들은 음반 제작에 기생 출신의 여가수들을 잇달아 참여케 함으로써 1930년대 중반 레코드 음악의 황금기를 장식했다.

왕수복이 첫 전성기의 가수로, 그녀가 '10대 가수'의 여왕이 된 1930년대를 근대 음악의 중요한 전환점으로 볼 수 있다. 봉건적 잔재의 전근대 표상이었던 '기생'이 근대의 표상으로 일컬어지는 대중문화의 '대중 스타'로 바뀌는 과정은 바로 우리 근대 사회의 모습이다.

레코드, 축음기의 보급은 대중매체의 광범위한 보급으로 설명할 수 있으며, 그 레코드 가요를 소비하는 팬의 주축은 기생들이었다. 기생들은 레코드에서 배운 노래를 술자리에서 불러 유행에 도움을 주었으므로, 레코드 회사에서 보면 큰 고객이었다.

레코드 회사의 판매 전략은 이에 따라 세워지는 것이었다. 결국 대중문화를 이끌어가는 하나의 중심축이 바로 전근대 표상이었던 기생이었던 것이다. 대중 유행가 여왕으로 기생 출신이었던 왕수복, 선우일선, 김복희 등 3명이 〈삼천리〉(1935년) 잡지의 10대 가수 순위에서 5명의 여자 가수 중 1위, 2위, 5위를 하게 되었던 것은 당연한 일이었다.

평양 기성권번 출신 기생 왕수복은 1935년, 10대 가수여왕이 된다(왕수복 사진우편엽서).

1937년 21세의 왕수복은 포리돌 레코드 회사와 결별하게 된다. 그리고 일본 우에노 동경음악학교의 벨트라멜리 요시코에게서 조선 민요를 세계화한다는 포부를 가지고 이태리 성악을 전공한다.

1959년 43세에는 북한에서 공훈배우 칭호를 받고, 마침내 2004년 애국열사릉에까지 묻히게 되었다.[04]

20세 전후의 왕수복 음반 홍보 사진

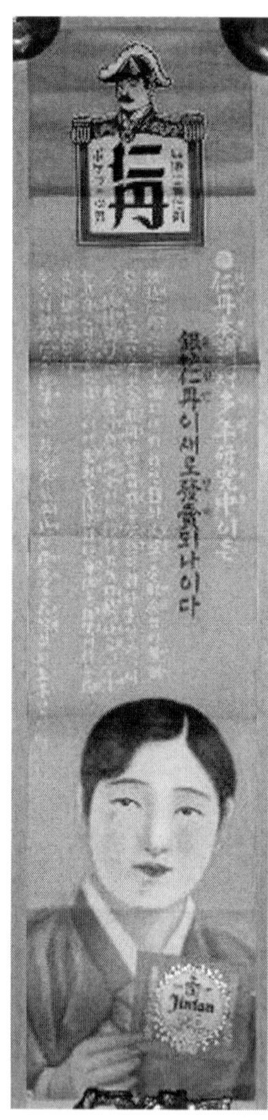

평양 명기 김옥란의 은단 광고 포스터
(은단銀丹: 입 안을 시원하게 하려고 할 때, 멀미를 하거나 체했을 때 먹는 작은 알약으로, 시원하고 향긋한 맛이 난다)

초창기 영화에 출연한 배우도 기생 출신의 영화배우가 중심이었다. 각종 전람회와 박람회에 흥을 돋우기 위한 예능의 기예도 각 권번 기생들의 몫이었다. 1900년 '파리 만국박람회'에 조선의 특산품으로 기생을 출품하려고 한 당시의 상황만 하더라도 기생의 활약상을 단적으로 보여준다.

또한 경인철도 개통 초기에 손님이 거의 없었다. 그러자 철도회사는 승객을 유치하기 위한 궁여지책으로, '평양 명기 앵금', '인천 기생 초선' 하는 식으로 주요 역 정거장 마당에 기생 이름을 적은 푯말을 꽂아놓고, 일종의 라이브 공연을 벌였다. 더 나아가 기생들은 기차 칸칸마다 타고 출발역에서 종착역까지 오가면서 승객 유인에 한몫을 했다.

당시 신문광고에 등장하는 제품광고 및 잡지, 행사 포스터의 표지 사진, 웨이브 파마의 모델들도 기생들이 주축을 이루었다.[05]

초창기의 인쇄광고는 사진을 쓰지 않았

다. 1920~30년대는 광고에 모델을 등장시킨 지 얼마 되지 않았을 때이다. 이들이 광고하는 제품을 통해, 당시 일반 대중이 받아들였던 기생의 이미지를 미루어 짐작해 볼 수 있다. 기생을 모델로 한 광고의 형태나 그 소구방식은 놀랄 정도로 현재와 흡사하다. 많은 여자 연예인 중에서도 정확히 그 제품의 이미지와 맞는 인물을 찾아내 돈을 더 주고서라도 광고모델로 발탁하는 지금의 모습과 당시의 모습이 그리 다르지 않다.

또한 기생들은 유행을 선도하기도 하였다. 1930년대에는 '단발미인'이라는 용어가 널리 퍼질 만큼, 이전 시대부터 실행해온 단발이 신여성들 사이에 크게 유행했다. 웨이브를 주는 파마까지 등장해 퍼져나갔다. 처음에는 화력을 이용한 '고데'를 하는 바람에 모발이 많이 손상되었다. 하지만 서구에서 파마 기구가 수입되면서부터는 한층 안전하고 편리해졌다. 당시 파마의 가격은 쌀 두 섬에 해당할 정도로 엄청났다. 그렇지만 주로 기생을 선두로 해서 차츰 확산되었다.

당시의 권번 기생들은 현재의 연예인처럼 방송, 음악, 영화, CF, 행사 도우미 등 활발한 활동을 전개한다. 권번은 지금의 연예인 기획사나 매니저의 역할로 볼 수 있다. 또한 권번 기생은 당국의 '기생영업인가증'을 받아야 하는데, 오늘날의 '개인사업자 등록증'처럼 직업으로서 인정받았다.

웃음과 기예를 팔던 기생을 대신하여 권번이 화대를 받아주고, 이를 7:3의 배분으로 나누어 가졌던 상황이 요즈음 연예인들과 얼마나 흡사한지 일일이 열거하기 어려울 정도이다.

기생 노은홍의 포즈 사진

놀랄 만한 권번 기생의 수입

1930년대 기생 수입은 당시 다른 직업의 임금보다 상당히 많은 편에 속했다. 기생은 1시간당 실수입이 1~1.2원이며, 한 달 동안 화대 수입은 평균적으로 2~300원 이상이 되었다. 당시 쌀 1가마에 7~8원이었던 것에 비하면 화대는 싼 것이 아니었다. 한 번 가면 3~4시간에 5~6원의 벌이는 되었다. 그러다 어쩌다 돈 잘 쓰는 한량을 만난다든지, 자신에게 마음이 있는 남자를 만나게 되면, 호의를 보이느라 화대를 특별히 더 많이 받기도 하였다. 물론 권번에는 규정대로의 수수료만 내면 그만이었다. 기생의 수입은 당연히 많아지게 되었다. 1937년 하반기 6개월분의 서울 소재 기생의 수입은 아래와 같다.

종로권번 기생 수입 순위표[06]

1	최금란(崔錦蘭)	1,875원
2	박송자(朴松子)	1,850원
3	설명희(薛明姬)	1,836원
4	고봉(高峰)	1,448원
5	김명주(金明珠)	1,396원

웃음을 파는 이유로 사회적 지탄을 받아야 하는 현실

요릿집에 불려 가는 기생의 전용물하면 떠오르는 것이 바로 인력거. 택시가 갈 수 없는 골목길도 다닐 수 있고, 도심 내의 웬만한 거

리는 택시보다 요금이 저렴했기 때문에 인력거는 계속 이용되었다. 하지만 전차보다 속도도 느리고, 한 사람밖에 탈 수 없다는 한계로 인해 구시대 유물로 밀려나기 시작했다.

대부분 인력거를 타면 휘장을 내리고 타지만, 기생들은 자신을 선전하고 과시하는 목적으로 휘장을 치지 않고 다녔다. 특히 인력거꾼들이 손님으로 모시는 기생들을 요릿집으로 나르면서, 그들의 수입이 좋다는 것을 알고서는, 자신의 딸들을 키워 어린 기생으로 입적시키는 일들도 많았다.

그 시기 일반인들의 전차가 대중교통 수단은 전차였다. 일부 계층의 사람들이 여전히 인력거를 이용하고 있었다. 부유한 사람들은 인력거를 자가용으로 가지고 있었다. 자동차는 워낙 비싸서 특수한 층에 있는 사람들만 소유할 수 있었다. 그러다가 차츰 영업용 자동차

택시 드라이브 기념에 포즈를 취한 기생들

수가 늘어나면서 서울 교외로 드라이브하는 것이 유행하기 시작하였다.

여기에 빠짐없이 등장하는 것이 기생들이었다. 요릿집에서 1차를 하면, 그 다음은 대부분 교외에 있는 경치 좋은 절간으로 기생들을 태우고 드라이브하면서 2차 주홍을 즐기곤 하였다.

이 무렵 술 마시는 풍습이 주로 요릿집에서 1차를 하면, '에인 젤', '낙원회관', '퀸' 등 카페나 바에서 2차를 하는 것이었다. 여흥이 도도한 일부는 '콜택시'를 불러 1~2원만 주고 한강변이나 근처의 절간으로 드라이브하기도 했다. 주로 찾는 곳은 동대문 밖 개운사, 우이동의 화계사, 청량리의 청량사, 보문동의 미타사와 탑골승방 등이었다.

한편, 전차는 대중적 요금으로 누구나 탈 수 있었기에 전차 운행 초기의 부정적인 인식이 바뀌어 거부감을 없앨 수 있었다. 반면에 자동차는 부유한 사람들에게 있어 자신을 과시하는 수단이었기에, 일반인에게는 부정적으로 비추어졌다. 더구나 기생들을 함께 태우고 가는 택시의 경우에는, 당시 신문 사회면에서 몹쓸 일을 저지르는 것처럼 지탄을 받기도 하였다. 급기야는 총독부에서,

"경성에 있는 권번 기생은 자동차에 타면 처벌한다."

는 조치가 내려질 정도로 사회적인 문제가 되었다.

이처럼 당시 대중들은 기생에 대한 호감과 배척이라는 이율배반적인 시선을 갖고 있었다. 한쪽에서 보면 기생들은 적어도 봉건적인 유물로서 배척해야 할 대상이었으나, 실제적인 면에서는 현대적인 대중문화의 스타로 대우받았던 것이다.

포즈를 취하는 기생 오산월

朝鮮線
列車食堂

사진엽서 속에 담긴 기생과 식민지 조선

일제 강점기 최고 히트상품, 기생 사진엽서

회화의 복제 수단으로 발명된 사진은 가독성 있는 어떠한 텍스트보다 넓은 파급력을 지닌 시각 이미지다. 사진은 근대 문명의 산물인 동시에 전파자였다. 사진으로 각종 인쇄물이 실려 팔려 나가기 시작한 것이다. 또한 근대 리얼리티를 표현한 이미지로 과학과 예술의 경계에 서게 된다.

19세기 사진이 담은 풍경 중 제국주의 국민들의 가장 큰 관심을 끈 것은 단연 식민지인을 부각시킨 이미지들이었다. 서구 중심적 시선이 만들어낸 이 이미지들은 반복적으로 상품화되었다.

우리에게는 사진의 역사상 피사체가 사물의 풍경에서 인물로 옮겨가는 시기가 1900년대에 들어와서부터이다. 1900년대에 사진의 본격적인 도입과 기술적인 보급이 제대로 이루어지기 시작했다. 이 시기는 청일전쟁 이후 일본인들의 사진관이 조선땅 여러 곳에 생긴 후이다. 일본인 영업사진사들이 경성과 평양 그리고 지방 각지에 사

진관을 차렸다.

마침내 일본의 사진관에 가서 1년 동안 사진술을 배운 서화가 김규진金圭鎭이 석정동石井洞에 천연당天然堂 사진관을 차리기도 하였다.

1920년대 일제 강점기, 조선의 영업 사진계의 상권을 독차지한 일본인들은 조선 관기 사진을 찍기 시작했다. 관기, 즉 궁중 또는 관아에 소속된 기생은 영업 사진으로 찍기에 아주 좋은 조건의 대상이었다. 8장으로 된 1세트의 사진엽서는 불티나게 잘 팔렸다. 요즈음으

A형 원판 흑백사진

B형 다른 각도 흑백사진

C형 채색 컬러사진

D형 다른 각도 흑백 그림엽서

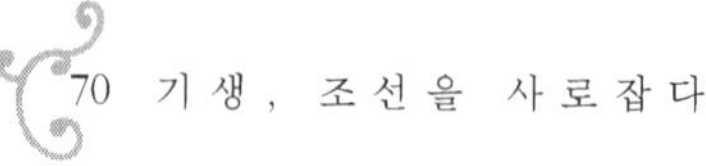

로 말하면 연예인 브로마이드였다. 사실 사진엽서는 1904년 9월 일본 체신성에서 러일전쟁 전승기념으로 발매되기 시작하였다. 이를 계기로 사진엽서 붐이 일었다. 판매점이 급증했을 뿐 아니라 사진엽서를 교환하는 전람회까지 열렸다.

그 당시 사진들은 흑백 혹은 단색사진인데, 채색된 것은 흑백사진을 찍은 후에 인화 과정에서 색을 입힌 것으로, 요즈음의 컬러사진과는 다르다. 권번의 기생 사진은 원판 흑백사진으로 제작하였다. 이를 토대로 다양한 사진엽서가 제작되었다고 유추할 수 있다. 이는 사진을 분석하면 추측이 가능하다.

A형은 경복궁을 배경으로 두 명의 기생이 등장하는 흑백 원판사진인데, 이를 B형의 다른 각도 흑백사진과 비교하면 같은 장소와 인물임을 알 수 있다.

C형은 채색된 컬러사진으로, A형의 원판 흑백사진과 같은 구도이며, 인물의 자세도 같다. D형은 B형의 다른 각도 흑백사진을 편집하여, 그림엽서로 만들어 판매하거나 홍보하는 데 사용한 것이다.

사진엽서 속에 나타난 기생 이미지를 통해 한복을 입은 여인으로 대표되는 '조선 전통'의 이미지가 일본의 조선 타자화 과정에서 만들어진다. 동시에 이미지가 일제의 맥락뿐 아니라, 여성과 남성이라는 성性의 맥락 속에서 근대적 볼거리의 대상물이 되어 가는 이중의 질곡을 지닌다.

차츰 조선 현지에서도 이러한 엽서를 제작하기 시작하면서, 조선에 온 일본인 관광객들은 이 기생 사진을 조선의 토산품 가게에서 손쉽게 사 가지고 갔다.

(美46) Kisan-girl. 紅 蓮 張 生 妓 (俗風鮮朝) (許不製複)

평양 기성권번 출신 기생 장연홍(1911~?)은 당대 최고 미인으로 알려져 있다.

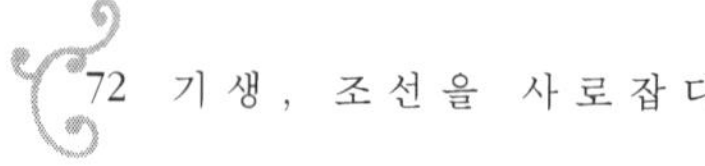

사진이 도입되는 초창기에 카메라 앞에 무표정한 모습으로 서 있던 기생들은 시대가 내려올수록 친근한 미소를 지으며, 다양한 포즈로 자신을 드러낸다. 그리고 1920년대, 1930년대로 오면서 차츰 '조선풍속'이나 '기생'이란 제목 자체가 사라진다. 이어 기생의 이름이 쓰인 사진엽서가 나오기 시작한다. 엽서 한 장에는 한 사람의 기생을 클로즈업해서 찍은 사진이 담겨 있다.

기생들의 사진엽서는 '기생 사진', '기생언자妓生嫣姿(기생의 웃는 모습)', '청초 우아 조선미인집', '기생염자팔태妓生艶姿八態', '조선풍속기생' 등이라는 표제가 쓰인 봉투에 8장씩 세트로 된 회엽서繪葉書로 만들어졌다. 엽서 한 장에 기생 한 사람을 찍어, 그것을 세트 사진으로 판매하는 방식이었다. 이른바 브로마이드 사진이 아사쿠사의 마루베르당堂에 의해 상품화되어, '브로마이드'라는 상품명이 정착한 1920년 이후에는 이러한 세트 사진이 급속도로 확산·발전됐다. 따라서 이 엽서 세트는, 오늘날 연예인 스타의 모습을 담은 엽서만한 사진의 한국판 선조쯤 될 것이다.

사진엽서는 그것을 생산한 당시의 사회·문화적 배경을 '있는 그대로' 반영한다. 여성으로서 기생이 등장하는 사진은 대부분 일제 강점기에 대량으로 생산된 우편엽서들이다. 관광용 사진엽서는 19세기에 등장한 근대적 관광산업의 부산물임과 동시에 사진과 인쇄기술이 결합된 최초의 복제품이라 할 수 있다. 기생이 등장한 사진과 사진엽서는 사실적인 이미지를 통해 대중들에게 한눈에 볼 수 있고, 소유할 수 있는 기회를 제공했다는 점에서, 새로운 차원의 근대적 시각 이미지였다.

조선의 관기 뒷모습은 마치 일제 강점기 치하에 쇠잔한 조선의 모습이었다.

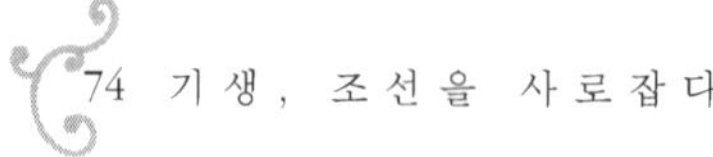

특히 식민지의 문화와 풍속을 담은 관광용 사진엽서는 그것을 만든 일본 제국주의의 일방적인 시각과 관광산업의 전략을 드러낸 것이었다.[07] 사진엽서의 표제 표기가 영어와 일본어인 것을 미루어 보아 엽서의 제작자, 소비자는 당시 제국주의 국가들이었음을 알 수 있다.

1930년대가 되자 전성기를 맞은 영업 사진사들이 기생의 사진을 찍어 대량 생산하는 사진 그림엽서를 제작하게 된다. 현재 남아있는 기생 사진은 3,000여 종 정도로 추산된다. 주로 기생 사진 원본은 수집가들에 의해 차츰 그 전모가 확인되고 있는 실정이다. 기생 사진은 일제 강점기 사진기록학적 의미가 크다 하겠다.

기생 김옥란의 사진

제국주의와 히노데상행의 기생 사진엽서

1890년대 전후 일본 최고의 관광 상품으로 전 세계로 수출되었던 풍속 사진엽서는 주로 요코하마橫濱를 중심으로 다이쇼大正 사진공예소와 히노데상행日之出商行에서 많이 생산·발행되었다. 특히, 히노데상행日之出商行은 현재 발견되고 있는 사진엽서의 대부분을 차지할 정도로 상당히 번성한다. 기록에 의하면,

"하루 판매량이 1만 매를 웃돌고, 원판의 가지 수가 명소 700종, 풍속 600종에 달하며, 인쇄공장은 직영과 전속을 합해 4개소를 보유하고 있으나, 지금까지 제품이 부족할 정도로 성황을 이루고 있다."[08]

고 하였다.

요코하마 사진에서 서양인들의 이국적인 취향을 가장 많이 자극했던 인기품목 중 하나가 예기사진이었다. '조선풍속'이라는 제목 아래에 조선의 무용수로, 악기 연주자로, 미녀로 다양하게 연출된 기생 이미지는 일본인 관광객들의 인기상품이었다. 외국인들 중에는 조선 기생 사진엽서를 수집하는 이도 생겨났다.

사진엽서 하단에 있는 '(イ148), (ロ158), (ハ168)……'은 우리나라의 '(갑 148), (을 158), (병 168)……'에 해당하는 나열 순서를 표시하는 기호로, 하나하나 분류항목을 나타내고 있다. 대략 분류코드가 600종 이상으로 확인된다. 분류코드가 없는 것까지 포함하면 수천 종의 사진엽서가 제작되어 판매되었다.[09]

사진엽서의 생산 배경에 접근하기 위해서는 제국주의와 식민지에 대한 고민이 필수적이다. 사진엽서가 생산되기 시작하는 시기는 서구의 제국주의가 전 세계적으로 번져가고 있을 때이다. 일제 강점기에 일본은 서구 제국주의의 인쇄산업을 이용하지 않았다. 자국의 인쇄산업을 통해 당시 식민지인 조선과 만주, 대만에서 그 영역을 확장시켰다. 제국주의 국가들의 세력 판도와 사진엽서의 생산과 유통 범위는 거의 일치하고 있다.

미사용 기생 그림엽서

(許不製複) (俗45) Kisan-girl. 生 妓 (俗風鮮朝)

제국주의 국가의 입장에서 본 기생의 이미지는 서구의 범죄자 기록사진처럼 연출되었다.

사진엽서를 보는 작업은 근대를 비판적으로 이해할 수 있는 안목을 요구한다. 사회·문화적 맥락 속에서 사진엽서를 이해할 때 더욱더 그 의미가 선명하게 드러나기 때문이다. 사진엽서를, 제국주의와 식민지의 관계, 사진 속에 재현된 정치적 시선과 같은 여과장치 없이 독해한다면, 사진엽서는 단순히 100년 전 과거의 이미지에 불과할 것이다.

하지만 사진엽서가 체계적인 연구대상이 되지 못하고 있는 실정이다. 체계적인 자료 접근이 어렵고, 특히 우편엽서의 성격상 그 제작연대나 제작 장소, 엽서에 쓰인 사진의 촬영연대, 사진가 등을 밝혀내는 일이 쉽지 않다. 현재 남아 있는 사진엽서들은 전반적으로 1910~1935년에 걸쳐 제작된 것으로 추정된다.

사진엽서를 중심으로 하는 근대 시각문화에 대한 연구 성과도 아직 미미하다.

서구에서는 사진엽서에 대한 수집과 연구가 활발한 반면, 우리나라에서는 이제 시작단계에 접어들었다. 앞으로 사진엽서뿐만 아니라 여러 인쇄매체 속에 나타나는 시각자료를 통해 근대의 사회와 문화를 조망해 볼 수 있는 인문학적 연구가 필요하다. 그만큼 연구해야 할 분야가 많이 남아 있다는 좋은 예일 것이다.

그림 같은 자태의 기생, 전람회 모델이 되다

그림 모델의 효시, 권번 기생 일화

당시의 화가들은 근대화와 식민이라는 시대를 살아가야 했던 근대인들의 모습을 그려냈다. 신지식의 세례를 받은 지식인과 신여성, 구국애족의 희망으로 부상한 어린이들에 대한 관심 등이 화폭에 담겼다. 여기에 기생도 중요한 화폭의 대상이었다.

우리나라에서 서양화의 모델을 누가 처음 했는지 알 수 없다. 다만, 최초의 서양화가였던 고희동 화백이 1915년 가을에 그린 작품 〈가야금을 타는 여인〉의 모델을 권번 기생으로 했다는 사실이 전해진다. 이는 그 당시 굉장한 유명세를 탔다. 이 무렵 서양화가들은 애인을 모델로 작품을 제작한 경우가 많았는데, 항상 같은 얼굴의 그림을 그려 화제가 되었다고 한다.

지금은 광고만 하면 쉽게 모델을 구할 수 있지만, 1920년대만 하더라도 모델 구하기가 쉽지 않았다. 당시 여성모델을 구할 수 있는 것은 권번에 출입하는 기생 밖에는 없었다.[10] 월전 장우성 화백은 당시의 〈승무도〉를 그릴 때에도 승무를 출 줄 아는 기생을 찾았다고 한다.

동양화는 누드모델이 아닌, 옷을 입은 코스튬인데도 이해 부족으로 모델이 되기를 꺼렸다. 자기 얼굴과 똑같이 그려서 광고라도 할 양이면 혼인 줄이 막힌다고 생각했던지, 여염집 아가씨는 누구라도 모델서기를 두려워했다. 그래서 그때에는 모델 설 사람을 찾는다는 것이 힘들었다.[11]

운전芸田 허민許珉(1911~1967)은 일제 강점기에 가야금의 명인 기산 박혜봉과 함께 금강산을 유람했다고 한다. 운전이 그린 그림을 기산이 요정에 내다 팔아 5백 원의 거액을 마련해서 즐거운 여행을 했다. 금강산 천일각에서 한 달 보름이나 유숙하면서 멋들어지게 보냈다. 하루는 운전이 선유를 하다가 갑자기 기산을 부르더니,

"좋은 벗과 더불어 이렇게 밝은 달밤에 흔쾌하게 취했으니, 생로병사를 잊고 이대로 저승으로 가면 얼마나 좋겠나."

하면서 영랑호로 뛰어들려다 거문고를 타던 기산과 기생 5명이 달려들어 붙잡는 바람에 뜻을 이루지 못했다고 한다.

운전은 여행벽이 있었다. 걸핏하면 화구를 메고 기산에게 거문고를 들려 발길 닿는 대로 떠돌아 다녔다. 풍류를 갖추느라고 남도 기생 2명·서도 기생 2명씩을 몰고 다녔다.

기생을 모델로 그림을 그리는데 운전이 부인을 시켜 술상을 차려오게 했던 일, 그를 좋아하던 기생이 북간도로 떠나면서 5원을 내어 주며,

"이 돈으로 술 사 잡수시고 제 생각해달라."

고 말했던 일은 운전의 멋진 일화가 아닐 수 없다[12]며 월전 화백은 회고한다.

기생 오산홍(오귀숙)의 〈난초〉는
1924년 제3회 조선미술전람회 입선작이다.
–〈동아일보〉 1924년 6월 1일자

한편, 조선미술전람회朝鮮美術展覽會에 입선을 한 기생이 생겨나기도 했다. 바로 기생 오산홍이었다.

1924년 6월 제3회 조선미술전람회가 영락정 상품진열관에서 열리게 되었는데 당시 최초의 여류화가였던 나혜석羅蕙錫의 〈초하初夏의 오전〉, 〈추秋의 정庭〉이 입선했다. 그의 재주있는 필법으로 마침내 여러 남자화가를 압도하고 입상의 영광을 얻게 되었다. 또 오귀숙吳貴淑의 〈난초〉가 입선되었는데 기생으로 알려져 당시 일반인들의 주목을 많이 끌었다고 한다. 기명이 오산홍吳山紅으로 권번 기생이었다.[13]

근대 조선미술계를 좌지우지한 조선미술전람회

일제 강점기에 조선총독부가 주관하여 1922년 개최된 조선미술전람회는 '선전鮮展', '조미전朝美展'으로 불리었다.

일제는 3·1 운동을 계기로 문화통치를 표방하는데, 이 과정에서 조선인 미술가 단체인 서화협회의 오세창吳世昌·고희동高羲東·안중식安中植 등이 1921년 제1회 서화협회전을 열어 심상치 않은 민족의식과 주체성 있는 단합으로 창작활동을 하였다. 이를 견제하고 조선미술의 근본적인 개조를 촉진하기 위해서, 조선총독부는 일본의 관전인 문부성전람회와 제국미술전람회를 본떠, 조선미술전람회를 개최하였다. 최대 규모의 종합미술전으로서 조선미술전람회를 설립한 것이다. 그해 6월 1일 제1회 전람회를 열었다. 초기에는 제1부 동양화, 제2부 서양화, 조각, 제3부 서예, 사군자로 국한하여 작품을 공모하고, 입선·특선의 심사 전시를 하였다.

1932년 11회전부터는 서예, 사군자四君子부를 제외시키고, 제3부를 공예, 조각부로 개편하여 운영하였다. 심사에는 조선인이 동양화부와 서예, 사군자부에 한해 참가하기도 했다. 1927년의 제6회전부터는 전원 일본인으로 교체되어 일본의 관전 출신 작가들이 심사위원의 주류를 이루게 되었다.

심사위원으로 참여했던 일본인으로는 가와이 교쿠도川合玉堂, 고무로 스이운小室翠雲, 유키 소메이結城素明, 이케가미 슈호池上秀, 마에다 세이손前田靑과 같은 일본화가와 후지시마 다케지藤島武二, 미나미 군조南薰造, 다나베 이타루田邊至, 고바야시 만고小林萬吾와 같은 양화

가도 있었다.

한편, 초기에 실시한 참고품제도는 이후 출품작가의 창작방향을 유도하기 위한 것으로, 가와이 교쿠도川合玉堂의 〈폭포〉, 시모무라 간잔下村觀山의 〈나무들 사이의 가을〉과 같은 근대 일본화와 구로다 세이키黑田清輝의 〈백부용白芙蓉〉, 오카다 사부로스케岡田三郎助의 〈욕장에서〉와 같은 인상주의 화가의 작품들이 출품되었다. 그러한 상황은 일본풍의 미술이 직·간접으로 유도되는 양상을 나타나게 하였는데, 특히 동양화부에서 그러한 현상이 심하였다.

조선미술전람회는 관전으로서의 문제점을 안고 있어 비판이 일기도 하였지만, 그 규모와 권위가 지속되었다. 일본의 군국주의화에 따라 점차 시국의 분위기를 반영하는 작품들이 늘어났다.

1932년 제도개편에 따라 조선의 향토미술을 장려한다는 취지 아래 공예부가 신설되고부터는 향토색을 드러냈다. 일본인의 이국취미에 부합하려는 경향들이 확산하여 갔다. 이는 소재 및 내용상 뚜렷한 하나의 흐름을 형성하였다.

또한 선전의 추천작가제도는 관전의 권위를 배경으로 한 미술계의 엘리트층을 양산하고, 조선의 미술을 일본 미술의 아류로 전락시켰다. 이는 식민 통치에 순응하는 식민지 미술로 재편하는 제도적 장치의 역할을 하였다.

이것이 민족의식과 현실의식을 지니지 못한 미술가들의 창작태도와 맞물리자, 동양화는 일본화와 비교해 소재 및 내용이나 양식상의 유사성이 두드러지게 되었다. 서양화와 조각도 일본식 서양화와 조각의 아류적 성격을 크게 벗어나지 못한 아카데미즘적 경향의 작품들이 주류로서 자리 잡았다.

그 결과, 한국 근대 미술은 전통과의 단절과 자율적 발달의 제약, 그리고 현실 대응력의 상실이라는 문제점에 봉착하였다. 그리고 관전 아카데미즘의 폐단이 대한민국미술전람회까지 지속되는 계기가 되었다.

그러나 선전은 여러 분야에서 재능있는 신진들을 발굴하고, 미술계 진출을 뒷받침함으로써 한국 근대 미술의 양적 성장에 기여하기도 하였다.

동양화의 김은호金殷鎬, 이상범李象範, 김기창金基昶, 장우성張遇聖, 서양화의 김종태金種泰, 이인성李仁星, 김인승金仁承, 심형구沈亨求, 조각의 김복진金復鎭, 김경승金景承, 윤효중尹孝重 등이 선전을 통해 발굴된 대표적인 작가이다. 이들은 해방 후 한국의 미술 발전에 커다란 영향을 미쳤다.

선전은 1944년 제23회를 끝으로 폐지되었다.

기생 김명애를 모델로 그린 〈춘향초상〉 그리고 〈간성〉, 〈미인도〉

이당以堂 김은호金殷鎬(1892~1979) 선생은 1939년 남원 광한루에 있는 춘향사당春香祠堂에 모실 춘향의 초상을 그릴 때에 역시 조선권번에 나가던 기생 김명애를 모델로 삼았다.[14]

김명애는 국악원장을 역임한 함화진咸和鎭 씨 소실의 딸이어서 명성도 있었고, 가야금 솜씨도 좋았다. 춘향사당은 춘향의 일편단심을

기생 김명애를 모델로 그린 이당 김은호의 <춘향초상>
–남원향토박물관 소장

기리기 위해 1931년에 세워진 영정각이다. 광한루의 동쪽, 절개를 상징하는 대나무 숲 속에 있다.

'단심丹心'이라고 쓰인 대문을 들어서면 사당이 있으며, '열녀춘향사烈女春香祠'란 현판이 걸려 있다. 사당 안에는 이당 김은호 화백이 그린 춘향의 영정이 모셔져 있다. 매년 5월 5일이면 춘향제가 열린다. 전라북도 남원시 천거동 78에 있다.

춘향의 입혼식, 권번 기생의 명창 대회

春香廟修裝計劃

열녀춘향의기품을살리고저

殖銀、湖銀兩頭取蹶起

〈동아일보〉 1938년 11월 13일 기사

그때까지만 해도 춘향사당에는 우향雨響이라는 이당 김은호의 그림을 자주 위조해서 팔아온 사람이 그린 페인트 초상이 걸려 있었다. 당시 〈동아일보〉 1938년 11월 13일자 전주 발 기사는 불원간 춘향묘가 조선 최고 화가의 손에 의해 새 화장을 하게 되리라 한다고 보도까지 하였다. 그때 이당 김은호는 초기 제자인 동강東岡 정운면鄭雲葂과 함께 남원에 도착하여 광한루에 와 보니 열녀 춘향의 사당은 초췌하기 이를 데 없어,

에 再生된 春香

綠衣紅裳의 處女春香肖像을

金殷鎬畵伯의 半歲獻心製作

廿三日南原廟에 安置

〈동아일보〉 1939년 5월 21일 기사

그 자리에서 정성껏 그리겠다고 했다.[15]

서울에 올라온 이당은 곧 팔봉八峯 김기진金基鎭을 만나 춘향상을 어떻게 그리는 게 좋을까 의논하여, 며칠 후 언론계에서 김팔봉·김형원, 민속에 밝은 고전연구가·연출가 등 각 방면의 전문가 김태준·송석하·이여성·유치진을 국일관으로 초청하여 그들의 의견을 들었다. 이당은 이 자리에서 "일설에는 춘향이 미인이 아니라 추녀였다는데……" 하고 먼저 말을 꺼냈다. 좌중에서 한 사람이 이 말을 받아 "그렇더라도 이왕이면 미인이 좋지 않겠소. 근거 없는 말이니 책에 나온 대로 16세 처녀로 청순하고 천하일색인 얼굴과 몸매를 그리는

게 좋을거요"라고 제안했다. 술을 마시면서 토론을 하다가 술시중을 드는 기생들에게 의견을 듣기도 하였다고 한다. 이당은 "저는 화가로서 기술을 제공할 따름이니 여러분들이 정해주는 방향으로 초상을 그리겠으니 깊이 생각해 주십시오" 하고 후일에 한 번 더 모이기로 약속하고 헤어졌다. 당시 여러 신문에서는 이를 그대로 보도했다.

고고학자·조각가·문사·연출가 등이 모인 제2차 국일관 모임에서는 대충 춘향상을 어떻게 그릴 것인가 하는 방향이 잡혔다. 고증위원들의 통일된 의견은, 우선 처녀 춘향을 그리되 명랑하고도 총명하고 의지가 강하여 절개 있는 모습을 그릴 것, 옷은 그 시대를 가려 170~200년 전의 풍속을 참고하여 다홍치마에 연두저고리를 입히는데, 긴치마, 짧은 저고리에 회장을 달아서 아주 얌전한 옛 색시를 그릴 것, 미인이어야 하고, 앉은 초상보다 서 있는 춘향이가 더 좋다는 결론이었다.

이당은 여러 사람의 의견을 종합한 뒤 다시 남원으로 내려가 맨 먼저 색지色誌를 살펴봤으나 춘향에 관한 기록이라고는 찾아볼 수 없었다. 다시 노기老妓를 찾아 춘향의 이야기를 들어보았지만 본인이 아는 이상의 이야기를 들을 수 없었다.

결국 녹의홍상綠衣紅裳의 아름답고 청순한 처녀상으로 춘향의 화상을 그리기 시작했다. 옷감의 옛 형태와 무늬를 알아보기 위해 창덕궁 선원전에 가서 옛날 왕실의 옷감 견본들이 있는 곳을 들어가 보았다. 선원전에는 약 300년 전 것이라는 저고릿감의 '배리불수排梨佛手'라는 비단과 150년 전 것인 '수나(갑사)' 치맛감이 있어 춘향

의 옷도 그것이면 무난할 것 같다고 여겼다.

또한 조선권번에 들려 춘향의 모델을 찾았는데, 소녀기少女妓 김명애金明愛가 그 주인공이었다. 그는 이당화실 이묵헌以墨軒에까지 와서 모델을 해줘 생각보다 수월하게 완성됐다. 〈조선일보〉, 〈동아일보〉 1939년 5월 21일자 신문을 참고하면 길이 6척 5촌, 너비 3척 5촌의 화폭에 그려진 16세 춘향의 입상은 다문 입술에 굳은 의지가 엿보이는 데다 동양미의 최고봉이어서 보는 이로 하여금 저절로 머리를 숙이게 한다고 당시 평단은 평가했다.[16]

입혼식入魂式은 5월 26일(음 4월 8일) 하오 1시에 광한루에서 하기로 돼 있었다. 이때 남원은 물론 전주, 정읍, 대전, 통영 등의 수백 명 기생이 모여 각종 가무와 창으로 춘향을 추모할 계획이었다. 초상을 수레 위에 싣고, 은행에서 광한루까지 기녀 1백여 명이 줄을 늘어서 행렬을 벌였다. 초상의 사례금은 2천 원이었고, 현준호 은행장은 '춘향사'를 수리하느라 많은 사재를 쾌척했다.[17]

〈조선일보〉 1939년 5월 21일 기사문

전설傳說이 낳은 조선의 가인佳人

춘향春香의 입혼식入魂式 거행

석가탄일에 각종 여흥도 거행

전설이 낳은 조선의 가인 만고불후의 열려 성춘향은 달이 가고 해가 갈수록 일반의 추모되어 깊이 단심을 길이길이 기념하기 위하여 해마다 음 4월 8일 석가의 탄일을 기하여 춘향의 추모제를 행하는 바 금번에는 조선식산은행 두취(사장) 임번장 씨의 열의로 춘향의 초상을 갱묘更描(다시 그림을 그리다)하여 입혼식을 성대히 하리라 하는 바 이 기회를 이용하여 남원의 번영책으로 상공회 남원읍 각 신문지국 연합 주최 하에 좌기와 여히 각종 여흥으로 이채異彩있는 남원을 장식하리라 한다.

1. 각희脚戲대회
(태껸 : 우리나라 고유의 전통 무예 가운데 하나로, 유연한 동작을 취하며 움직이다가 순간적으로 손질·발질을 하여 그 탄력으로 상대편을 제압하고 자기 몸을 방어한다)
음 4월 8일, 9일, 10일
상수上手 1등 20원/ 중수中手 1등 5원/ 하수下手 1등 1원

각 面 대항전(선수 1개면 5명씩)
1등 황우黃牛(황소) 1두/ 2등 대돈大豚(큰돼지) 1두

2. 정구庭球대회

4월 9일, 10일

우승팀 20원/ 결승팀 10원

3. 추천鞦韆 대회

(그네타기)

4월 8일, 9일

남자부 : 1등 시계 1개/ 2등 양산 1본/ 3등 와이셔츠 1장

여자부 : 1등 화장품 1조/ 2등 양산 1본/ 3등 상의용 1건

4. 궁술弓術대회

4월 8일, 9일, 10일

남자부 : 1등 1인 40원/ 2등 2인 50원/ 3등 3인 45원

4등 4인 40원/ 5등 5인 35원/ 6등 6인 40원

여자부 : 1등 1인 10원/ 2등 2인 10원/ 3등 3인 9원

5. 예기藝妓 명창名唱 대회

4월 7일, 8일, 9일

참가 자격은 일정한 권번이 있는 자로서 권번의 신청에 한함.

단, 1권번에 2인 이내로 함.

1등 1인 50원/2등 1인 30원/3등 1인 20원/4등 1인 10원/5등 1인 5원

심사 방법은 일반 관중으로부터 투표에 의함.

단, 남원권번의 예기는 출연하되 심사에는 불허함.

이당 김은호의 〈간성看星〉은 비단 채색(138×86.5㎝)으로, 1927년 조선미술전람회에 출품한 작품이다. 담배를 피며 점을 보고 있는 여성은 '전통적인 여성상'에서 벗어나지만, 여성의 몸가짐은 매우 단아하여 아이러니하다. 김은호의 〈간성〉은 마작을 하는 기생을 그린 것이다. 방 안에서 마작으로 그날의 운수를 점치고 있는 여인은 한복을 곱게 입고, 화면 전반부에 주인공으로 부각되어 있다.

새장 안에 갇힌 앵무새, 나팔꽃, 생기를 잃은 죽엽, 재가 담긴 재떨이는 나른하고 정적인 분위기를 자아냄과 동시에 기생의 운명을 암시하는 듯하다. 기존의 '유한문화'를 반영하는 봉건적 가치를 갖는다. 〈간성〉은 새로운 현실적 표현감각과 색채면에서 한결 부드러워진 이당 미인도의 특징을 갖고 있다.

이당 김은호 화백의 1935년 〈미인도〉(비단 채색, 143×57.5㎝)는 국립현대미술관에 소장되어 있다. 〈미인도〉도 1923년 평양 기생 김옥진 초본을 바탕으로 제작했다. 이당 화백은 정확한 관찰력과 섬세한 묘사법을 통해 실제감 있는 인물화를 다수 제작했다. 특히 왕실 인물들의 초상 제작을 담당했을 만큼 인물화에 있어 독보적인 명성을 누렸다.

이당 김은호의 〈간성(看星)〉
–호암미술관 소장

평양기생 김옥진을 모델로 그린
1935년 이당 김은호의 〈미인도〉
–남원향토박물관 소장

〈미인도〉 작품은 땅 위에 피어 있는 민들레와 화면 좌측 상단에 뻗어 나온 꽃나무를 배경으로, 우아한 포즈의 여인을 배치했다. 이러한 구성방식은 그의 전형적인 수법으로, 이후 김은호의 화풍을 추종한 많은 화가들에 의해 계승되었다.

〈미인도〉는 조선시대 후반에 유입된 청대清代의 양식에 영향받은 것이다. 그림 속의 인물을 한복을 입은 우리나라의 여인으로 개량하고, 그 모습을 정면에 크게 부각시켰다. 여백의 효과를 이용한 점은 새로운 미인도의 전형을 독자적으로 창조한 것으로 평가된다.

여인의 부드러운 곡선미를 보여주는 간결한 필선미와 부드럽고 화사한 색채가 돋보이는 수작이다.[18]

기생 민산홍과 〈푸른 전복〉, 기생 권부용과 〈승무〉

월전月田 장우성張遇聖 선생은 1941년 제20회 선전에서 특선, 총독상을 받은 〈푸른 전복〉(192×140㎝)을 그릴 때에도 조선권번 기생 민산홍을 모델로 썼다.

명륜동 4가에 있던 광명관光明館이란 일본 하숙집 2층 8조 다다미방을 쓸 때였다. 당시에는 모델도 구하기 힘들었지만, 소품을 구하기가 더 어려웠다. 한복 입은 여성이 전복戰服을 입고, 벙거지를 쓰고, 부채를 펴 들고, 의자에 앉아 있는 그림인데, 벙거지 구하기가 꽤 힘들었다. 물론 무당 부채도 마찬가지였다. 포교들이 쓰던 벙거지를 무당 집에서 돈을 주고 빌려 왔다고 한다.

민산홍은 예쁘지는 않았지만 훤하게 생긴 여자였다.

<푸른 전복>이 특선에 뽑혔다고 신문 발표가 나던 날은 민산홍이 일부러 내 하숙집인 광명관까지 찾아와 나보다 더 좋아했다. 마치 모델인 자기가 상이라도 탄 것 같은 기분으로 모델 선 보람을 느낀다면서 나를 축하해줬다.

'전복'은 군인이나 관창이 소매를 달지 않고 뒷솔기를 터 다른 옷 위에 덧받쳐 입던 옷을 말한다. 이런 전복을 입고 한바탕 부채춤을 추고 난 여인이 의자에 앉아 쉬고 있는 모습이다. 꽃신을 벗어놓고 벙거지를 쓴 채 무당 부채를 들고 있는 폼이 퍽 인상적이다.

그 후 〈푸른 전복〉은 작가가 고향인 여주에서 뒤늦게 1983년에 찾아내 세상에 그림이 알려졌다.[19]

월전 장우성 화백이 1937년 조선미술전람회 제16회 입선작 〈승무〉를 그릴 때, 그림 모델은 조선권번의 기생 권부용이었다. 그때 참 애먹은 일이 많았다고 한다.

〈승무〉를 그릴 때 승무를 출 줄 아는 사람을 찾느라 진땀을 뺐다. 요즘 같으면 무용을 전공하는 여대생에게 부탁하면 간단히 해결될 일을 가지고, 그때에는 모델 때문에 고민 고민했다. 그렇다고 아무에게나 모델을 해달라고 할 수도 없는 일이어서, 그래도 춤추는 시늉이라도 낼 수 있는 여자를 찾느라 무진 애를 썼다.

장안의 멋쟁이로 소문 난 무허 정해창에게 부탁을 해서 승무를 출 줄 아는 기생을 찾았다. 무허는 현초 이유태의 고종형인데 월전 화

백하고도 잘 아는 터였다. 그는 중국 옥새를 각한 성재 김태석의 제자로 서예와 전각에 일가를 이루고 있었다.

자기 집인 종로 4가 원기약방(문교건재상) 2층에 서실을 꾸미고, 여기서 글씨도 쓰고 전각도 했다. 무허는 매양 두루마기를 입고 걸어서 종로통을 지나 화신 앞·남대문·명동의 다방 가를 산책하는 한량이었다. 그의 단골다방은 영화배우 김연실이 경영하던 소공동 입구의 낙랑다방이었는데 명치정明治町, 즉 지금의 명동에 있던 성림·백룡다방도 잘 다녔다. 무허는 다방 순회가 취미라고 할 정도로 하루라도 다방 출입을 않고는 못 배기는 사람이었다.

월전 화백은 현초와 함께 집에라도 놀러 가면 어디서 구해다 두었는지 브라질 커피를 끓여 내놓고는 차 맛에 대해 강의라도 하는 것처럼 장광설을 늘어놓았다.

무허는 서양화가 박상진과 단짝이었는데, 다방이고 요정이고 바늘에 실처럼 붙어 다니면서 놀았다. 무허의 소개장을 가지고 월전 화백이 청계천 광교 옆 다옥정, 즉 지금의 다동에 있는 조선권번을 찾아갔을 때, 그는 벌써 무허의 연락을 받고 물색해 두었다면서 권부용이란 기생을 데리고 나왔다. 부용은 얼굴보다는 몸매가 좋았다. 매일 2시간씩 시간을 내주기로 해 놓고는 빠지는 날이 많아서 애를 먹었다.

한참 열이 올라서 열심히 그리는데 정작 모델이 약속한 시간에 오지 않아 안절부절하기도 했다. 일이 있어 못 간다고 기별이라도 해주면 좋으련만 이제나저제나 하고 까막까막 기다리다 하루해를 그냥 넘긴 일도 있다고 회고한다.[20]

1930년대 권번 기생의 〈승무〉 포즈를 위한 춤사위 동작

최초의 서양화가 고희동 화백의 〈가야금을 타는 여인〉

우리나라 최초의 서양화가 고희동高羲東(1886~1965)은 1915년 가을 〈가야금을 타는 여인〉 서양식 유화작품으로 일반 대중에게 처음으로 소개되었다. 더구나 작품의 모델이 기생이었다는 점에서 장안의 화제가 되었다고 한다.

그는 중앙학교의 미술교사가 되어 유화기법과 목탄 데생을 가르치며 신미술교육의 보급에 힘썼다. 유화 물감은 비싼 수입품인데다가 전문적인 모델을 구하기도 힘들었다. 결국 모델이 기생일 수밖에 없었다.

춘곡春谷 고희동[21]은 한성법어학교에서 4년 동안 프랑스어와 근대학문을 배웠다. 프랑스어를 가르쳤던 레미옹 선생이 초상화를 그리는 것을 보고 처음으로 서양미술을 접하게 되었다.

한국에 서양화를 선보인 최초의 작가는 네덜란드 출신 미국인 허버트 보스인데, 이 다음으로 1900년 정부의 초청으로 온 작가가 프랑스인 레미옹이었다. 그는 원래 공예미술학교를 설립할 목적으로 왔으나 뜻을 이루지 못하고, 4년간 프랑스어와 서양미술을 보급했다.

1902년에는 도쿄 미술학교 출신의 일본인 아마쿠사가 서울 남산에 화실을 차려 어느 정도 서양미술이 알려졌다. 그는 새로운 조형방법을 후진에게 가르친 미술 교육자로서, 그리고 화단을 형성하고 이끌어나간 미술 행정가로서 높이 평가받을 만하다.

또한 일본으로 귀국한 후 10년 만에 서양화에서 동양화로 전향,

서양화적 수법을 가미한 풍風을 개척하였다고 한다.

화가와 기생 딸의 만남

1992년 3월 어느 날. 일본 오사카에 사는 한 재일 교포가 보낸 한 장의 작품 사진을 받아든 운보雲甫 김기창金基昶(1913~2001)은 세월의 눈금이 단박에 60년이나 뒷걸음치는 어지럼증을 느꼈다.

그 사진은 행방이 묘연해진 1934년 제13회 조선미술전람회 입선작 〈정청靜廳〉을 찍은 것이었다.

운보의 장남 완完이 들뜬 목소리로,

"세브란스 병원에 걸려 있다 전쟁통에 유실된 그 작품 아닙니까? 이게 일본으로 건너가 있었다니."

하며 반색했다.

사진을 든 노화백은 그러나 대꾸조차 하지 않았다. 그의 눈길은 작품 속의 여인을 붙들어 매고 있었다.

"그래. 소제가 맞아. 바로 이소제야."

아들은 느닷없이 눈물에 젖는 부친의 눈을 마주보기가 민망했다.

17세 귀머거리 소년 김기창이 이당以堂 김은호金殷鎬(1892~1979) 선생 댁 마루청에서 무릎꿇림한 채 붓 잡은 지 딱 반년을 넘긴 해인 1931년. 그는 제10회 조선미술전람회에서 〈판상도무板上跳舞(널뛰기)〉라는 작품으로 넙죽 입선을 따내, 제자 잘 고른 스승의 마음을 흡족하게 해 주었다.

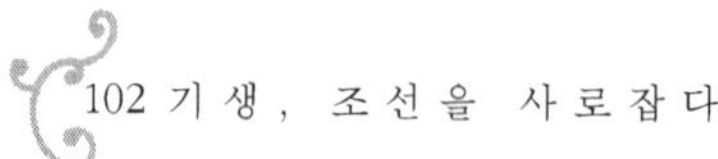

모친 한씨가 맨 처음 '운포雲圃'라는 호를 지어주며 자식의 등을 두드려준 것도 그해였다. 이듬해는 〈수조水鳥〉, 다음해는 〈여인〉, 그 다음해는 〈정청靜廳〉. 이 올박이 화가의 응모작에는 내리 족족 입선방이 붙었다. 선전의 심사위원들은 '귀는 먹었지만 붓질 하나는 용한' 천재화가로 그를 기억해 주었다.

나라를 빼앗긴 경성의 가을빛은 더욱 서러웠다. 운보의 들리지 않는 귀에조차 1932년 반도의 가을 오는 소리는 들렸다.

열아홉 되던 해 가을, 그는 한 여인을 잃고 한 여인을 만났다.

사무치는 정으로 돌봐주던 모친이 갑자기 세상을 뜨자, 조모와 함께 남게 된 남산 밑 운니동 집은 더욱 썰렁했다. 그 빈 자리를 채우듯 건넌방에 세 들어온 모녀가 있었다. 딸의 이름은 이소제. 열다섯이나 됐을까, 어스름 달빛 아래서도 볼이 유난히 발그레한 소녀였다.

"하필 폐 앓이하는 여자가 들어오다니. 게다가 기생이라구? 딸까지 낯빛이 신통찮아."

할머니는 어미 잃은 운보의 눈길이 금세 소제에게 쏠리고 있음을 알아챘다. 소제 어머니가 권번에 나간 뒤면 운보는 버릇처럼 건넌방 앞에서 얼쩡댔다. 마뜩지 않은 조모의 눈총에도, 그는 벌써 소제를 모델로 다음해 선전에 인물화를 내어보기로 마음먹었다.

말이 통하지 않는 화가와 기생 딸인 모델. 소제는 그의 손발 노릇을 마다 않고 했다. 밤늦은 작업으로 피곤해진 운보 대신 물감통을 비우고 정성스레 붓을 씻기도 했다. 이마의 땀을 닦아주는 소제의 옷고름에서 그는 돌아가신 어머니 냄새를 맡았다. 소제를 모델로 한

작품 〈여인〉이 선전 입선작으로 발표되던 날, 그녀는 운보보다 더 기뻐 날뛰었다.

그러나 그날 운보의 눈에 아프게 박힌 것은 소제의 입술이었다. 단 한 번의 기침에 핏빛으로 물드는 그녀의 아랫입술을 그는 먼 훗날까지 잊지 못하게 된다.

1934년 초봄, 운보는 그즈음 밭은기침이 눈에 띄게 잦아진 소제와 그의 막내 누이 기옥을 데리고 몰래 집을 나섰다. 할머니의 성화가 더욱 심해질 때였다. 깊은 밤부터 동이 틀 때까지 소제의 방에서 들려오는 기침이 손자의 가슴에 옮기기라도 할 듯 부득부득 둘 사이를 막았다. 그러나 운보는 소제의 치마만 스쳐가도 어머니의 체온이 느껴졌다. 한 번만 더 그녀를 모델로 어머니의 생전 모습을 되살려 보리라.

그날 소제와 운보가 찾은 곳은 잘 꾸며진 어느 의사의 응접실이었다. 화구를 풀고 소제와 누이를 마치 모녀처럼 의자에 앉혔다. 소제 무릎에 얌전히 손을 올린 누이, 부채로 앞섶을 가린 소제.

축음기의 음악은 정적 속에 녹아들고, 운보의 붓은 바람을 탄 듯 너울댔다. 촘촘하게 엮인 등의자 그리고 의자 깔개에 수놓인 무늬까지 운보의 눈은 매눈보다 날카롭게 집어냈다. 마침내 붓을 뗐을 때 소제의 저고리는 땀으로 얼룩졌다.

내내 꼼짝하지 않았던 소제. 운보는 그때서야 그녀가 한 번도 기침 소리를 내지 않았음을 알았다. 선전 입선작 〈정청靜聽〉은 그렇게 완성되었다.

그러나 운보는 입선의 기쁨을 소제에게 전하지 못했다. 발표가 나

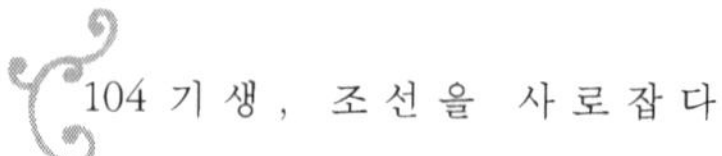

기 전 소제는 운보의 집을 영영 떠났다.

이듬해 가을, 그는 어머니를 여읜 그날같이 흐느꼈다. 옷고름에 선지 같은 피를 쏟아내고 죽은 여자의 소식을 듣고 난 뒤였다.[22]

운보는 1931년 《판상도무板上跳舞》로 선전에 처음 입선한 뒤, 연 5회의 입선과 연 4회 특선을 기록하였으며, 제16회전에서는 《고담古談》으로 최고상, 제17회전에서는 《하일夏日》로 조선총독상을 수상하여 추천작가가 되었다.

모던걸, 신여성의 심벌이 되다

2005년 2월 서울의 어느 갤러리에서 '지적 능력을 갖춘 종합예술인'이라는 기생의 면모를 한눈에 파악할 수 있는 전시회가 열렸다. 이 전시회에서는 시詩·서書·화畵와 가무歌舞·음률音律에 능했던 기생의 모습을 근대의 표상인 사진, 엽서 자료 등으로 보여주었다.

기생은 조선시대 양반의 노리개라거나 성적 욕망의 대상으로 폄하되어 왔다. 하지만 그 전시회를 통해서 일제 강점기 권번 기생은 상류사회 남성과 교류하며, 자기표현이 가능했던 지식을 쌓고, 재능을 펼칠 수 있었던 신여성이었음을 보여주었다.

봉건사회의 표상에서 신여성으로

기생은 요즈음 잘 뜨는 종합 엔터테이너처럼, 전통 봉건사회에서 문화예술을 창출하는 중심이었다. 그러나 전통 봉건사회에서 '여성 전문인', '여성기능인'은 유희와 오락의 대상이었다. 때로는 왕실과 사대부와의 교류로 전횡을 저지르기도 하였다. 봉건사회 여성에서 개인의 정체성을 발견하지 못한 상태에서 여염집 여성과 달리 천민이었던 기생은 신분사회에서 구조적인 억압의 피해자였다.

봉건사회의 전형으로 표상되어온 기생은 '강요된 근대'를 경험하면서 변하게 된다. 일제 강점기 권번 기생은 소리와 춤에 능한 예능인이요, 당당하게 신지식인들과 연애를 즐기던 신여성으로 탈바꿈하게 된 것이다.

1920~30년대의 사회를 '식민지 근대(성)', 즉 식민지적 특성과 강요된 근대적 특성이 상호 갈등하고 경쟁하며 중첩하는 역사적 시점으로 접근한다. 이 시기는 정치·경제·사회·문화 등 모든 분야에서 매우 복잡하고 다면적인 특성을 지닌다.

당시 일제의 식민지화가 본격적으로 진행되면서 민중들은 심각한 정치적 억압 아래 놓여 있었다. 이러한 상황에서 외국과의 교류를 통해, '자유'와 '평등'을 기반으로 한 서구의 근대사상과 문화가 아울러 급속하게 유입되었다.

또한 오랫동안 지배적이었던 전통 봉건적 관습과 제도들이 붕괴되고, 근대적 가치와 문화가 그 자리를 빠르게 대체해갔다. 1920~30년대는 충돌과 갈등, 변화와 역동의 시기였다.

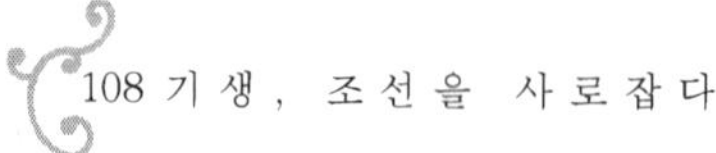

이처럼 복합적이고 가치 충돌적인, 그러면서도 다양한 일상의 '새로움'을 창출하고 있는 것이 당시 사회적 공간이었다. 식민지라는 정치적 한계 속에서도, 개인들로 하여금 과거와는 다른 주체를 구성할 수 있는 토양을 제공해 주었다. 그것은 특히 오랜 역사 동안 역사의 주변인이며, 종속적 지위에 있어 왔던 여성들에게 더 큰 사회적 변화를 의미했다.

무엇보다 근대사회에서 여성들은 교육이나 종교, 직업 등을 가지며 다양한 사회활동을 체험하게 되었다. 인쇄매체와 같은 대중매체를 통해 직·간접적으로 사회와 대면할 수 있게 되었다.

종로권번의 기생 김선부

이러한 사회·문화적 변화들은 여성의 삶의 공간을 재조직했다. 여성의 세계를 가정의 영역을 넘어서 사회의 영역으로 확대시켜 주었다. 식민지 근대사회의 여성들이 이전 역사의 어느 때보다도 적극적인 사회활동을 전개해 나가면서 다양한 모습으로 나타났던 역사적 사실들이 이를 증명한다.

한국의 신여성은 개화기 이후 여성교육과 여성의 사회진출에 의해 생겨났다. 자의식을 가지고 사회 현실에 눈뜨기 시작한 이들은 세계 여성해방의 선진적 조류를 받아들이는 데 앞장섰다. 기존의 유교적 도덕관에서 벗어나려고 했다.

그리고 그 앞을 이끌며 주도적인 역할을 한 여성들의 중심에 기생이 있었다.

그 시대의 여성관을 이해하기 위해서 기생의 삶에 대해서 올바로 이해하는 것은 매우 중요한 가치를 지닌 일이라 할 수 있다.

족쇄 같은 긴 머리를 단발로 자르다

근대로 넘어오면서 기생들의 식견과 소양은 시대의 역동성과 함께 급물살을 탄다. 분명 기생은 봉건시대의 지탄받은 대상으로, 당시 신여성과 여학생이 급부상하는 1910~20년대 경성의 주변인이었다. 하지만 조선의 요릿집이 지식인들, 모던 보이들의 사교 공간이었던 만큼 그들의 술잔을 채우며 대화의 장에 함께 했던 기생들은 새로운 정보에 쉽게 젖어들었다.

단발머리를 한 기생 강향란

기생 강향란이 단발로 스캔들을 일으켰듯, 20~30년대 대중문화를 선도하면서 유행가 가수와 영화배우로 세간의 비난과 이목이 집중됐다.

이 와중에 1927년 기생 동인 잡지 〈장한長恨〉의 발간은 기생들이 스스로 자신들의 목소리를 내려는 용감한 시도였다. 기생 스스로 자신들의 정체성 혼란을 극복해보자는 의도였다.

표지 그림에는 "조롱 속에 이 몸을 동무여 생각하라"는 카피와 함께 조롱 속에 갇힌 기생의 모습이 보인다. "외국인이 본 조선의 기생"이라는 큰 제목으로 '조선적朝鮮的의 기생이 되라', '고상한 품격을 가지라', '예술적 기생이 되라'라는 일본인, 미국인, 중국인의 글을 각각 게재하고 앙케트를 할 정도로 잡지의 구색을 고민한 양이 역력하다.

〈장한〉의 발행인은 김보패인데, 기생동인 잡지는 뜻밖에도 〈창간사〉에서 "기생은 사회에 해독을 끼치고 기생 자신에게도 참담한 말로를 짓게 하므로 기생제도를 어서 폐지해야 한다."고 주장했다. 다만, 현실적으로 폐지가 불가능하기 때문에 매춘부가 아닌 예술인으로서 기생의 역할을 되찾자는 주장을 편다. 잡지 속에 나타난 그들의 마음속에는 "재능, 기예는 팔되 몸은 팔지 않는다."는 조선 기생들의 자존심이 담겨 있다.

이 시대 기생들은 급변하는 사회 속에서 가장 먼저 한복에 우산을 받쳐 들고, 서양식으로 머리를 틀어 올리며, '나는 누구인가?'라는 근대적 질문으로 경성거리를 붐비게 했다. 이때의 기생은 이제까지와는 다르게 사회의 정당한 구성원으로 자리매김하려 한 것이다.

또한 조선의 여성사회에 새바람을 일으킨 신여성들은 모단毛斷, modern걸로도 불렸다. 신여성에게서 나타났던 근대성의 지표들 가운데 대표적인 것이 단발이었는데, 모던modern을 모단毛斷으로 표현할 정도로 단발은 한국 근대화의 상징적인 행위였으며, 근대적 자아 정체성을 표현하는 중요한 요소였다.

1895년 말의 단발령은 남성을 대상으로 강제적으로 위로부터 짧은 시기에 이루어진 것이었으나, 여성의 단발은 아래로부터 자발적으로 비교적 오랜 기간에 걸쳐 서서히 이루어졌다는 점이 다르다. 여성의 단발은 1920년대에 유행하기 시작해서 1930년대 중·후반까지 오랫동안 지속됐다.

처음 단발을 실천한 여성은 역시 기생이었다. 그 기생이 '강향란'이라고도 하고, '강명화'라고도 한다. 강향란姜香蘭(1900~?)은 한남권번 기생 출신으로, 원래 이름은 강해선이다. 나중에 사회주의 운동가로 변신한 인물인데, 1922년 머리를 깎고 남장을 하고 남자들이 다니는 강습소에 나감으로써 당시 사회에 충격을 던졌다. 1922년 6월, 서대문 안 정측강습소에 다니던 강향란이 머리를 단발로 자른 것은 "남자처럼 살아보겠다"[23]는 의지의 표현이었다.

하지만 여성 단발을 지켜보는 남성들의 눈길은 곱지 않았다. 1925년 〈신여성〉 6월호에 화장대 앞에 앉아 가위로 머리카락을 자르는 여성을 한껏 비아냥거린 그림이 실렸다.

설명에는 '시골 여학생이 서울에 오면 공부보다 먼저 배우는 것이 치마 잘라 입기, 앞머리 자르기, 굽 높은 구두 신고 걷기, 편지쓰기'라고 되어 있다. 남성에게 단발은 개화와 근대화의 상징이었지만, 여성의 단발은 좋은 전통을 파괴하는 위험한 행위로 인식하는 이중적 잣대를 적용한 것이다.

이 당시 여성들이 감행했던 단발은 근대를 살아가는 깨인 여성으로 자신을 드러내는 징표였다. 신여성을 자칭하는 여성들은 지금까지의 예속적인 삶을 상징하는 긴 머리를 과감히 자를 수 있는 용기와 결단력이 필요했던 것이다. 신여성들은 단발과 양장을 통해 활발하고 적극적인 서구 여성의 모습을 모방하려고 노력했다. 이러한 이상적인 서구적 여성상을 자신과 동일시하며 만족을 얻었다.

단발과 남장을 했던 여성들이 모두 동질적인 집단은 아니며, 그렇기 때문에 단발과 남장을 선택한 이유와 맥락 모두 다 달랐을 것이다. 하지만 어떠한 이유를 달고 있든지 단발이 자신의 의사를 적극적으로 표현하는 행위였다는 것만은 분명해 보인다.

이들은 당시의 패션리더로서 서구의 유행을 받아들였다. 기생이나 여배우들은 전통사회의 굴레에서 어느 정도 자유로울 수 있었던 신분이었다. 그렇기 때문에 신문물과 유행을 받아들이기가 비교적 용이했다.

당시 모단毛斷으로도 지칭됐던 단발이 여성들에게는 단순히 머리털을 자르는 행위만이 아니라 구시대의 의식을 버리고 새로운 문명을 맞이한다는 의미를 포함하고 있었다.

단발은 하나의 진보적 상징으로 인식되고, 개혁적인 몸짓으로 퍼져나갔다. 단발 문제는 개항 이래 단순히 유행의 문제가 아니라 사회적 정체성에 대한 문제였다. 따라서 봉건적인 인습과 서구적인 인식의 차이를 극명하게 드러내며 가장 첨예하게 의견이 대립하여 찬반논쟁이 빈번하였다.

기생의 자유연애론, 기생 강명화의 죽음의 연애

1930년대 기생은 요즈음의 룸살롱이나 단란주점 접대부들과는 달리 천양지차의 품격을 지녔다. 고등교육을 받은 이도 있었으며 권번에서 고급스런 가무를 익힌 30년대 기생들은 나름의 절개와 지조, 거기에다 덕망까지 갖춘 신여성들이었다. 그중 강명화는 머리카락만 자른 게 아니라, 당시 신여성들 사이에 유행한 '자유연애'의 주인공이기도 했다.

이렇게 기생은 사랑을 하는 것에 있어 다른 여성들보다 더 자유로웠고 또한 그들이 지닌 기품과 예술적 감수성 때문인지 유난히 문인들과의 연애도 잦았다. 문인의 경우는 묻어두거나 숨겨온 사랑이 시나 소설을 통해 드러나기도 하였다. 당시 기생들에게 단순히 소원이 하나 있다고 한다면 그것은 돈 많은 귀공자를 만나 한 시절이라도 그와 함께 인생을 즐겨보는 것이었다. 대부분의 기생들이 그것을 꿈꾸었지만 정작 극한 상황에 이르러서는 꿋꿋하게 그 사랑을 지켜내기 위해 용기를 내는 경우가 드물었다. 그런데 강명화는 조금 달랐다.

기생 강명화

강명화康明花(1900~1923)는 평양 출신으로 11세에 기생이 되었고, 17세에 상경하여 대정권번에 들어갔다. 특기는 서도잡가와 시조였으며, 대정권번 내에서도 교제 방법이 능란하고 성질이 유순하였다는 기록이 전한다.

당시 서울 장안에서 웬만한 풍류객치고 평양 기생 강명화의 이름을 모르는 이는 없었다. 어글어글한 두 눈, 불붙는 듯한 진홍빛 입술, 빚어놓은 듯 상큼한 코, 게다가 소리 잘하고 춤까지 잘 추었다. 더구나 그녀의 마음속 가득한 근심을 노래로 승화시킨 〈수심가〉와 〈배따라기〉 한 곡조는 평양 기생 3백 명 중 단연 으뜸이었다.

강명화를 한 번 보기 위해 애를 태우던 숱한 남성들 중에는 2~3만 원 하는 거금을 언제든 내던질 수 있는 부자들도 있었고, 회사의 사장이라는 지위와 명예를 지니고 있는 이들도 많았다. 하지만 그녀는 비록 몸은 기적妓籍에 두었으되, 사랑하는 이를 만나기 전에는 절개를 지키기로 맹세한 바 있었다. 이 소문이 알려지자 그녀의 사랑을 구하려는 남성들이 꽃을 탐하는 벌떼처럼 더욱 늘어만 갔다고 한다.

하지만 강명화는 오만하고 독한 계집이라는 모진 소리를 감수하며 모든 구애자를 물리쳤다. 그런 와중에 마침내 만난 운명의 사랑이 바로 경상도 대구의 대부호 장길상의 아들이었던 병천이었다. 그녀는 '돈보다 사랑, 목숨보다 사랑'이라는 'Love is best'를 인생의 슬로건으로 내걸고 대담하게 자신의 사랑을 실천한 당시 최초의 여성이었다.

하지만 연약한 일개 기생이 시류를 거스르기에는 많이 벅찼던 것일까. 귀공자였던 장병천과 사랑에 빠지고 동경으로 사랑의 도피행을 선택하기로 하였다. 하지만 집안의 극심한 반대를 이겨내기에는 역부족이었다.

또 강명화는 당시 여자의 몸으로 단발을 하고 손가락을 잘랐다 하여 세간의 이목을 놀라게 하는 사건을 일으키기도 하였다. 단발과 단지斷指 같은 독한 행위를 감행한 동기도 역시 연인 장병천을 위한 것이었다. 장병천이 기생의 몸인 자기의 신용을 믿지 않을까 의심하여 삼단 같은 머리채도 아낌없이 잘라버리고, 병천의 목숨을 살리기 위해서라면 손가락 하나쯤 잘라내도 아깝지 않았던 것이다.

부자치고 인색하지 않은 이가 드물다지만, 그 시절의 장길상은 사회에 학교, 도서관 하나 기부한 일이 없을 뿐 아니라 제 자식에게 용돈조차 제대로 주지 않는 구두쇠였다. 더구나 아들이 기생과 살림을 차렸다는 소문이 들리자 심지어는 아들을 집안에 가두고 외출을 금하기까지 하였다.

강명화의 소원은 20대 한창 나이인 장병천을 공부시키는 것이었다. 그것을 실천하기 위해 금비녀와 은가락지를 판 돈 300원으로 동경 유학길에 오르게 되었다.

둘은 동경 아사쿠사淺草에 있는 집을 빌려 자취하면서 장병천은 대학의 예비과를 다니고, 그녀는 동경 우에노上野 음악학교에 입학하기 위해 영어를 배우기로 하였다. 그러는 동안 아버지 장길상으로부터 처음 몇 달은 매달 30원씩 학비가 왔다. 하지만 기생과 함께 있다는 소문이 들리자, 그때부터는 그마저도 중단하여 백만장자의 외아들은 결국 만리타향에서 밥 한 공기 얻어먹기도 힘든 상황에 빠지고 말았다.

그래도 강명화는 좌절하지 않았다. 서울 전동에 있는 자신의 어머니에게 어머니는 평양에 가 있고, 그 집을 판 돈을 보내라 하여, 수중에 돈 몇 백 원을 다시 얻을 수 있었다.

하루는 동경의 조선인 유학생 여러 명이 장병천을 찾아 왔다.

"우리는 모두 노동을 하면서 공부를 하는데 너는 백만장자의 아비를 둔 탓으로 기생첩 데리고 놀러와 있단 말이냐. 너 같은 놈은 우리 유학생계의 치욕이다."

"그놈 밟아라, 그년 때려라."

하는 소리와 함께 마침내 큰 난투가 벌어질 참이었다. 바로 그때 강명화가 칼을 들어 제 손가락을 탁 잘라 선지피를 뚝뚝 흘리며 냉정하게 말하였다.

"여러분, 나는 떳떳한 장씨 문중의 사람이며, 우리도 고생하면서 여러분과 같이 학문을 닦는 중입니다."

그 추상같은 언사와 붉은 피를 보자 학생들은 모두 도망하였다. 그러나 그 뒤 며칠이 지나고 다시 이번에는 심하게 제재하자는 공론이 비밀리에 유학생들 사이에서 돌았다. 이를 눈치 챈 두 사람은 그대로 있다가는 생명이 위태할 것을 알고, 야반도주하여 동경 역에서 차를 타고 서울로 돌아오고 말았다. 그 사이 그녀는 행여나 병천의 부모 마음을 돌려볼 셈으로 홀몸으로 구중궁궐 같은 장길상 집에 뛰어들어도 보았지만 결국 쫓겨나곤 했었다.

이제는 지니고 있던 금은 패물도 모두 팔아 써버리고, 집 한 칸 없이 지내게 된 허울 좋은 백만장자의 외아들은 단돈 120원도 변통할 길이 없이 막막해지고 말았다. 하지만 매 끼니를 죽으로 때우면서라도 두 사람이 함께 할 수도 있었다. 다만, 억울한 것은 두 사람의 진실한 사랑을 한때의 사랑놀음으로 여기고 마는 병천의 부모와 야속한 세상이었다.

일이 여기서 그치고 말았다면 세상에 그 흔한 연애담의 한 대목에 지나지 않았을 것이다. 애인을 출세시키고 싶은 불같은 그녀의 가슴에 떠오르는 한줄기 빛이 있었다.

'나만 없으면 그 사람은 부모의 사랑을 다시 받을 수 있고, 그러면 넉넉한 가산으로 학문도 충분히 닦아 사회에 윗사람이 될 수 있으리라.'

'그러나 나만 없어지려면 어떻게 해야 할까. 소설에서처럼 아라비아 사막으로나 몰래 가 버릴까. 그렇지 않으면 일부러 딴사람에게 정이 있는 체하고, 내가 미친년, 절개 없는 년이 되어 버릴까.'

여러 날을 망설이고 괴로워하더니 아침마다 베개가 눈물에 젖었다. 젊은 병천의 장래를 막을 수도, 그렇다고 사랑하는 애인과 헤어질 수도 없었다.

마침내 그녀는 몸이 아프니 함께 온양온천에 가서 며칠 쉬다가 오자고 병천을 졸랐다. 떠날 때 생전 처음으로 옷 한 벌과 구두 한 켤레를 사달라고 조르더니, 병천이 사준 옷과 구두를 신고 서울을 떠났다.

그날 밤 온천의 조용한 방 안에서 일대 명기 강명화가 애인의 무릎을 베개 삼아 독약을 마신 채 누워 유언을 하게 된다.

"제가 죽었으니 이제는 부모님께 효성을 다하고, 다시 사회의 큰 인물이 되십시오."

독약을 마신 것을 안 장병천이 서둘러 의사를 불러 왔다. 이미 저 세상에 간 영혼을 다시 불러올 수는 없었다. 결국 그녀의 최선의 선택은 죽음이었던 것이다.

며칠 뒤 서울시 구문 밖 수철리(금호동) 공동묘지 한 모퉁이에는 애끊는 인생 23세를 일기로, 한 많은 강명화의 여윈 몸이 묻혔다. 그 앞에는 언제까지 떠날 줄 모르고 엎드려 우는 그의 애인 장병천이 있었다.

자살한 후에 장씨 일가는 그녀를 만고의 열녀라 하여, 그 시아버지 되는 장길상이 친척처럼 제례를 차려 사후의 외로운 혼을 위로하였다고 한다.

여류평론가 나혜석은 장삿날 〈동아일보〉에 '강명화의 자살'이란 제목 아래 그녀의 애끊는 유언을 서두에 인용하며 이렇게 쓰고 있다.

'나는 결코 당신을 떠나선 살 수가 없는데 당신은 나와 살면 가족도, 세상도 모두 당신을 외면합니다. 그러니 사랑을 위해 그리고 당신을 위해 내 한 목숨을 끊는 것이 옳을 것입니다.'

라고 하였다.

얼마나 번민과 고통을 쌓고 쌓아 견딜 수 없고 참을 수 없어 한 말인지 실로 눈물지으며 동정할 말이다.

나는 언제든지 '자유연애' 문제가 토론될 때에는 조선 여자 중에 연애를 할 줄 안다 하면 기생밖에 없다고 말해 왔다. 실로 여학생계는 너무 다른 사람에 대한 교제 경험이 없으므로, 다만 그 이성 간에 존재하는 불가사의 한 본능성으로만 아무 뜻 없이 다른 사람에게 접근할 수 있으나, 오직 기생계에는 타인 교제의 충분한 경험으로 그

인물을 선택할 만한 판단의 힘이 있고, 여러 사람 가운데 오직 한 사람을 좋아할 만한 기회가 있으므로, 여학생계의 사랑은 피동적, 일시적인 것과는 반대로, 기생계의 사랑에 한해서는 자동적이요, 영구적일 것이다. 그러므로 조선의 여자로서 진정의 사랑을 할 줄 알고, 줄 줄 아는 자는 기생계를 제외하고는 없다고 말할 수 있는 것이다. 이 의미로 보아 장씨의 인물이 어떠함은 물론하고 강씨가 스스로 느끼는 처음 사랑을 깊이깊이, 장씨에 대하여 느꼈을 줄 믿는다. 그럼에도 불구하고 그 경우가 애인과 동거하지 못할 처지에 있어 동거하지 못할 수는 없겠다는 결심이 있다 하면 실로 난처한 문제이다.

이와 같이 비운에 견디지 못하고 연애의 철저를 구하기 위하여, 곧은 지조의 순일함을 보존하여 지키기 위해, 자기 정신의 조촐함을 발표하기 위하여, 세태를 분노하기 위하여, 자살을 실행한 것이다. 그러나 동기는 어떠하든지 자기 생명을 끊는 것은 곧 자포자기의 행위이다. 생명의 존중과 그 생명 역량의 풍부를 스스로 깨달은 현재 사람이 취할 방법은 아니다. 어떻게든 살려고 들어야만 연애의 철저이며, 지조의 일정이며, 정신의 결백이 실현될 것이다.

그러나 그 며칠 후 장병천마저 먼저 간 명화의 영혼을 따라 자살하고 말았다. 차마 이승을 떠나지 못한 강명화의 혼이 장병천이 오기를 기다려 하늘나라의 오리정五里程에서 기다리고 있었는지도 모른다.

1927년 우영식이라는 가수에 의해 노래 〈강명화가〉가 음반으로 나오기도 하였다. 그 후 강명화에 대한 책이 출판되자, 일약 베스트

셀러가 되었다. 한편 장씨 집안에서는 책이 발간되자마자 모조리 사들여 수거했다고 한다. 고약하게도 이를 이용하여 몇몇 연극기획자들은 대구에서 두 남녀의 이야기를 공연하겠다고 장씨 집안에 알려 협박하였다. 장길상은 눈 하나 꿈쩍하지 않았다고 한다.

하지만 불나비처럼 자신들의 몸을 던져 등불에 살라버린 그들의 사랑은 지금도 '백 년의 사랑', '천 년의 사랑'이란 다른 이름으로 전해지고 있다.[24]

당시 딱지본 소설로 〈강명화의 죽음〉이 유행했다. (딱지본: 국문 소설류를 신식 활판 인쇄기로 찍어 발행한 것)

독립운동 물결에 선봉으로 나서다

이 시기 기생들은 누구 못지않은 열렬한 독립운동가였다. 그들은 논개의 후손임을 내세우며 만세운동에 적극 참여했을 뿐 아니라, 요릿집 손님들에게 독립사상을 설파하느라 여념이 없었다. 그러나 기생은 당시 신분상 천민이었다. 그런데 나라를 팔아먹은 고관대작, 지식인들이 많았던 그 당시에 만세운동에 앞장섰다는 것은 새롭게 의미를 부여할 만한 가치 있는 일이었다.

나라와 민족을 위하여 의로운 일을 하는 기생을 의기義妓라고 한다. 3·1 운동의 민족적 성격을 강조하고 싶어 하는 주장들은 때로 "기생까지도 운동에 참여했다."는 말로써 끝을 맺곤 한다. 사회운동과는 거리가 있어 보이는 유흥업에 종사했던 기생의 참여를 덧붙임으로써 3·1 운동이 얼마나 온 민족의 독립 염원을 담은 것이었는지 부각시킨다.

일제 강점기에 항일抗日 기생들이 많았다. 진주 기생으로 명월관에 드나들던 기생 산홍山紅에게 친일파 이지용이 당시 거금 1만 원을 주고 소실로 삼으려 하였다. 산홍은 거금을 보고 "기생에게 줄 돈 있으면 나라 위해 피 흘리는 젊은이에게 주라" 하고 단호히 거절했다.

기생 춘외춘春外春은 남산 경무총감부에 불려가서 경무총감으로부터 배일파에 대한 정보를 제공해 달라면서 돈 한 뭉치 주는 것을 뿌리친 일이 있었다.

1897년 1월, 인천 상봉루의 기생 9명은 90전의 돈을 모아 독립협회에 보냈다. 노래와 웃음을 팔아 치마 속에 넣어뒀던 쌈짓돈을 민족의 장래를 위해서 선뜻 내어놓은 일화를 통해 당시 인천 기생들의 사회적 위치를 어림짐작할 수 있을 것이다.

또한 1919년 3월 29일, 수원기생조합 소속의 기생 일동은 검진을 받기 위해 자혜병원에 가던 중 경찰서 앞에 이르러 만세를 부르고 병원에 가서도 만세를 불렀다. 이 일은 〈매일신보〉 1919년 3월 31일자 기사에 보도되었다.

기생들이 만세

29일 오전 11시 반경에 수원기생조합 일동이 자혜의원으로 검사를 받기 위하여 들어가다가 경찰서 앞에서 만세를 부르며 몰려 병원 안으로 들어가 뜰 앞에서 만세를 연하여 부르다가 병원에서 내쫓음으로 경찰서 앞으로 나왔다가 인하여 해산하였는데 조합 취체 김향화金香花는 경찰서로 인치, 취조하는 중이더라.

당시 3월 29일에는 수원기생조합 소속의 기생 일동이 정기검진을 받기 위하여 자혜병원으로 가던 중 경찰서 앞에 이르러 독립만세를 불렀다. 이때 김향화가 선두에 서서 '대한독립만세'를 외치자 뒤따르던 여러 기생들이 일제히 만세를 따라 불렀다. 이들은 병원에서 돌아오는 길에도 경찰서 앞에서 다시 만세를 부르고 헤어졌다. 이 사건으로 주모자 김향화金香花는 일본 경찰에 붙잡혀 6개월의 옥고를 치렀다.

고은 시인도 『만인보』 2에 〈기생독립단〉에 대한 시를 남겼다.

기생독립단

평양 기생 아미너가 떨쳤지요
사나이들 뼈깨나 녹았지요
평양하고 비슷한 데가 진주성이지요
대동강하고 남강이 사촌이지요
진주기생조합 기생 50명이
기미년 3월 29일
자혜병원으로 정기검진 받으러 가던 중
경찰서 앞에서 독립만세 외쳤지요
기생 김향화가 앞장서 외쳤지요
병원으로 가서도
검진 거부하고
만세 만세 만세 만세 외쳤지요
만세 부른 기생들 다 붙잡혀가서
김향화는 6개월 징역 받아 콩밥 먹었지요
기생들 꽃값 받아 영치금 넣었지요
면회가서
언니 언니 하고 위로했지요
그럴 때마다
만세 주동자 김향화
아름다운 김향화 가로되
아무리 곤고할지라도
조선사람 불효자식한테는 술 따라도
왜놈에게는 술 주지 말고
권주가 부르지 말아라
언니 언니 걱정 말아요
우리도 춘삼월 독립군이어요

1919년 3월 19일, 한금화韓錦花를 비롯한 진주 기생들이 태극기를 선두로 촉석루를 향하여 독립 만세를 외쳤다. 이때 일본 경찰이 진주 기생 6인을 붙잡아 구금하였는데, 한금화는 손가락을 깨물어 흰 명주 자락에 "기쁘다, 삼천리 강산에 다시 무궁화 피누나"라는 가사를 혈서로 썼다고 전해온다.

한편, 진주 기생들의 만세의거는 당시 〈매일신보〉에 실려 있다. 1919년 3월 25일자 '기생이 앞서서 형세 자못 불온'이라는 기사에

"십구일은 진주 기생의 한 떼가 구한국 국기를 휘두르고 이에 참가한 노소여자가 많이 뒤를 따라 진행하였으나 주모자 여섯 명의 검속으로 해산되었는데, 지금 불온한 기세가 진주에 충만하여 각처에 모여 있다더라"

라고 되어 있다.

진주의 기생들은, 『독립운동사』에 기록되고 훈장을 받는 독립운동가들처럼 백성을 조직해 치밀하게 만세시위를 벌인 것은 아니었다. 하지만 전국적인 독립운동 물결 속에 휩쓸려 함께 '독립만세'를 외쳤다. 기생은 사회적 위치가 보잘 것 없었지만 조국 독립에 대한 염원은 어느 누구 못지 않았다.

1919년 4월 1일에는 황해도 해주에서 읍내 기생 일동이 손가락을 깨물어 흐르는 피로 그린 태극기를 들고 독립만세 시위운동을 전개하였다. 이에 용기를 얻은 민중이 참여함으로써 만세시위 군중은 3천 명이나 되었다. 당시 해주 기생 중에는 서화에 능숙한 기생 조합장 문월선을 비롯하여 학식을 갖춘 여성들이 많았다. 이날 문월선, 김해중월, 이벽도, 김월희, 문향희, 화용, 금희, 채주 등 8인이 구금

되어 옥고를 치렀다.

4월 2일에는 경상남도 통영에서 정홍도, 이국희를 비롯한 예기조합 기생들이 소복 차림을 하였다. 소복은 금비녀, 금반지 등을 팔아 광목 4필 반을 구입하여 만든 것이었다. 수건으로 허리를 둘러 맨 33인이 태극기를 들고 만세시위운동을 전개하다가, 3명이 붙잡혀 6개월 내지 1년의 옥고를 치렀다. 현계옥玄桂玉(1897~?)은 상해를 거쳐 시베리아로 망명하여 그곳에서 사망한 사상 기생思想妓生 중의 한 사람이다. 경상도 달성 출신으로 일찍 부모를 여의고, 17세에 대구조합에 들어가 기생이 된 후, 19세에 경성으로 올라와 한남권번에서 이름을 날렸다. 풍만한 용모에 재주가 민첩하고 경박하지 않으며, 풍류가무도 뛰어났다. 하지만 무엇보다 한문에 특출하였고, 가곡, 정재무, 승무 그리고 가야금이 절묘하였다고 한다. 당시에 소리와 산조 잘하기로 유명하고, 춤과 가야금에는 대적이 없다 하여, 당시 풍류랑들의 인기를 독차지하던 당대의 명기였다 한다.

기생 현계옥

그런 계옥이 현정건玄鼎健(1887~1932)을 만나 온 마음을 바치게 되는 사건이 일어난다. 현정건은 소설 『운수 좋은 날』을 쓴 빙허 현진건玄鎭健(1900~1943)의 형으로 일찍이 경성·중국 등지로 돌아다니면서 유학하던 중 고향에 돌아왔다가 친구와 어울려서 기생집을 한 번 찾게 된다. 이후 현계옥에게 그는 운명의 남자가 되었다.

남보다 재주가 많으면 남보다 정조도 더 굳은 걸까.

그녀는 당시 시국에 불만을 품고 중국, 일본으로 돌아다니던 그의 소식을 조금이라도 더 듣기 위해 나이 19세에 서울로 이사까지 하였

張子房의 玉簫

◇남장한 현녀사

〈동아일보〉 1925년 11월 7일자 현계옥의 사진과 기사

다.

현정건의 집안에서는 기생과 친하게 지내면 못 쓴다고 하며 그의 행동을 엄중히 감시하고, 현계옥의 집안에서도 돈이 없는 그를 가까이 할 필요가 무에냐고 야단을 하였다. 그러나 이미 타오르기 시작한 젊은 남녀의 사랑을 누가 막을 수 있을까. 심지어 현계옥은 자신의 기생 생활을 저주하며 박명薄命을 한탄하던 나머지 신경쇠약에 걸려 밤잠을 못 이루고 신음하는 몸이 되고 만다.

그렇게도 몽매에 그리워하던 현정건이 얼마 되지 않아 중국 상해로 들어가, 한 이탈리아 신문의 기자로 있게 되자,

"날 데려가오."

"잠깐만 더 기다리오."

하는 편지가 서해 바다를 덮을 만큼 끊임없이 오고갔다고 한다.

계옥은 다동기생조합에 다니다 한남기생조합으로 옮겼다. 그녀에게 다시 유수한 재산가들이 모여들었으나, 누구도 그녀의 확고한 마음을 살 수는 없었다. 그중 전 모라는 청년은 같이 한 번 살아보면 여한이 없겠다고 애원까지 하였다고 한다. 실망한 전 모 씨가 현玄가끼리 살면 자玆가 된다고 비꼬자 구변 좋은 그녀는 현玄가와 전田가가 같이 살면 축畜가가 된다고 재치있게 거절하였다는 일화가 있다.

남편 소식을 듣기 위해 압록강을 건너오는 청년들과 자주 사귀게 된 계옥은, 중국 제2혁명 시대의 유명한 쾌남아 황홍黃興 씨의 사적에 대해 알게 되었다. 또 천진 기루妓樓에서 당시 기생이었지만, 후에 여자 혁명결사대를 통하여 이름을 일세에 떨치는 정추진 여사의 용장한 행적을 듣게 된다. 계옥은 자신의 새로운 앞길을 결정하고, 마침내 험난한 만주 벌판으로 떠날 결심을 굳히게 된다.

현정건의 애인이자 동지가 된 계옥은 경찰들이 기생집에 감시가 허술한 점을 틈타 모임을 주선하고, 여러 핑계로 놀음에도 나가지 않았다.

노래는 물론이요, 일흔 두 가지 춤을 출 줄 알며, 한문 글씨 잘 쓰기로도 당시의 기생 중 대적이 없었다는, 특히 말 잘 타기로도 유명한 이 기생을 아무리 애를 써도 보지 못하던 풍류객들은 애가 탈대로 타서 녹아버릴 지경이었을 것이다. 심지어 황금정 승마구락부에서 남자처럼 승마복을 입고 말 타는 그녀를 찾아다니는 풍류객까지 생길 정도였다고 한다. 그녀가 승마복을 입고, 모자를 눌러쓰고, 키보다 높은 말 위에 앉아 화살같이 달리는 늠름한 모양을 한 번쯤 상상해볼 만도 하다.

21살 때 봄 1919년 2월에 현계옥은 몰래 가산을 정리하여 길 떠날 준비를 마치는데, 같이 가려던 남편 현정건이 경찰에 잡히게 된다. 잡혀 가던 현정건은 얼마 되지 않아 무사히 나오게 된다. 이때는, 남녀노소 할 것 없이 모두 만세를 부르고, 경찰서로 감옥으로 잡혀 가던 3월 중순경이었다.

그녀는 밤을 새워 남편과 잡히지 않고 무사히 강을 건널 방법을 모색하고 중국에서 만날 약속을 한 후 남편이 지시해 주는 이씨라는 청년의 뒤를 따라 갔다. 이렇게 계옥과 청년 이씨를 포함한 일행 5명은 정든 고국을 등지게 되었다.

중국옷으로 변장하고 귀를 뚫어 중국 여자 모양으로 된 고리를 걸어서 교묘히 피해와, 중국 안도현安圖縣에서 이틀 밤을 잔 후 봉천奉天에 이르러 '황사훈투'란 곳에서 보름 동안 머물렀다. 당시 일본 관헌의 감시가 심하고, 그녀를 알지 못하는 청년들이 그녀의 행색을 의심하기 시작하자 '북룽어화원'이란 곳으로 거처를 옮겨서 남편이 찾아오기를 기다렸다.

현정건은 애인이 요염하여 그녀를 친구에게 부탁하여 먼저 떠나보낸다. 그리고 독립운동 자금을 만들다가, 어느 부호가 제공하겠다던 거금 5만 원을 손씨라는 청년이 먼저 받아서 가버렸다는 소식을 듣고 실망한다. 그 손씨의 행동을 감시하고자 자신의 근거가 있던 길림吉林으로 다시 떠난다. 이때 봉천에 있는 현계옥에게 오라고 통지를 하면서 동시에 첫 활동이 준비되었다.

그 당시 길림에는 1918년에 조선을 떠나 중국으로 들어간 김원봉, 김좌진, 홍범도 등이 있었다. 그들은 이어서 '의열단義烈團', '광복단光復團' 등을 조직하고 각종 기관을 만들어 내외의 연락을 도모하고, 동지를 모집하여 무기를 구입하는 등 무장독립운동을 하는 중이었다.

그녀는 남편의 부름을 받아 길림에 이른 후 비전秘傳 혁명전기革命傳記 중에서나 보던 인물들과 비로소 만나게 되고, 그녀가 지금까지 사귀어 오던 값없는 사나이들과는 비길 바가 아니라고 생각한다. 그래서 정성껏 그들의 일을 돕는 한편, 남편 현정건과 단란한 가정을 이룰 꿈도 버리지 않는다. 하지만 의심 많고 시기 많은 세상은 그녀의 알뜰한 정성을 알아주지 못하였고, 오히려 꿈에도 없던 소리를

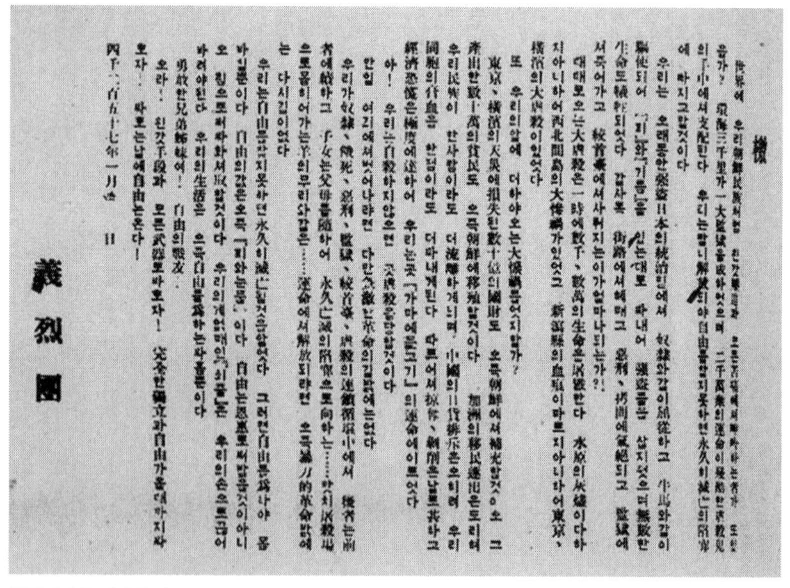

독립무장 투쟁단체 의열단(義烈團)의 1924년 격문(檄文)

지어내기만 하였다. 무근한 소문으로 그녀의 집까지 습격을 당하는 사태가 벌어지지만, 그녀는 더 마음을 다잡고 다양한 방법으로 자기의 결심을 드러내고자 하였다.

남편의 부름을 받고 길림으로 올 때 현계옥은 청년들의 고달픈 심경을 위로하고자 송화강변 달빛에서 가야금을 타 젊은이들의 피를 끓게 하였다고도 한다.

차차 계옥의 정성을 알게 된 만주사회에서 그녀는 의열단장 김원봉의 인정을 받아 여성으로서는 유일하게 의열단원이 된다. 그 후 남편으로부터는 영어를, 김원봉으로부터는 폭탄제조법과 육혈포 쏘는 방법을 배워 조직의 비밀활동을 담당하게 된다.

얼른 보기에 여자라고는 도저히 상상도 할 수 없는 모습을 하고는 때때로 교묘한 꾀로 의열단에 기여하는 바가 컸다고 한다.

한번은 이러한 일도 있었다. 천진에 있는 폭탄을 상해로 운반해올 때 관헌의 감시가 삼엄하여 뜻을 이루지 못해 초조해하던 중 그녀가 양복을 입고 폭탄을 가지고는 단신으로 배를 탔다. 상해로 돌아가다 관헌의 취조가 있으면 그때마다 알지 못하는 서양 사람 옆으로 가서 공연한 말을 걸어 남 보기에는 부부가 여행하는 것처럼 꾸며 무사히 폭탄을 운반한 일도 있었다고 한다. 풍속이 다르고 말이 다른 남의 나라에서 계옥과 그 일행들이 조석으로 변장을 해가며 신출귀몰하였을 것을 상상해보면 박진감 넘치는 활극을 방불케 한다.

그 후 현계옥은 남편과 같이 상해 프랑스 조계지에 있으면서 그 동생 계향과 월향을 조선으로 보낸다. 계향은 박세봉과 같이 일본에서 공부를 하는 중이었고, 월향은 청진실업가 김백달과 살림을 차렸다. 그녀는 상해에서 그동안 고려 공산당 일에 관련이 많은 남편과 윤자영尹滋英과 더불어 여전히 활동하는 한편, 영어공부를 꾸준히 계속하여 웬만한 영문소설은 넉넉히 볼 수 있게 되었다.

그녀가 30세가 되던 해, 남편 현정건이 1928년에 상해 프랑스 조계지에서 일본 총영사관 경찰에 체포돼 신의주 지방법원에서 징역 3년형을 선고받는다. 그가 출옥 후 옥고의 후유증으로 병사하자, 현계옥은 시베리아로 망명하여 당대의 대표적인 행동파 사상 기생思想妓生이 된다. 현정건에게는 1992년에 건국훈장 독립장이 추서되었다.

이만큼이나 지아비에게 지극한 성실함을 보인 것은 조선 기생사에서 극히 찾아보기 드문 사건으로 손꼽힌다.[25]

사회·노동운동가로서 투쟁한 기생

기생들은 돈을 벌거나 그 외의 일들을 즐기는 것뿐만 아니라 사회의 문제에도 관심이 많았다. 그리고 개인적으로만 하는 게 아니라 권번이나 조합별로 기생들끼리 모여 단체로 사회활동을 하기도 하였다.

다음은 진주 기생 진주옥의 선행이 〈경남일보〉 1910년 4월 12일(화) 3면 '잡보'에 실린 기사이다.

珠玉義金

河東郡 北坪面 山城里居 老妓珍珠玉은 原來 本郡妓生界에 著名한 人인데 適人하야 河東郡에 居生하다가 向者 入邑하얏는데 其親友芙蓉의 家屋이 無함을 矜恤히 녁여 數百兩 價値되는 家屋과 正租幾石을 補給하야 生活의 道를 開케하얏다고 稱頌이 藉藉하다더라.

하동군 북평면 산성리에 사는 늙은 기생 진주옥은 원래 진주군 기생계에서 이름이 난 사람인데 시집가서 하동군에 살다가 지난번에 읍에 들어왔다. 그의 친구 부용이 집이 없는 것을 불쌍하게 생각해 수백 량 가치가 되는 집과 쌀 몇 섬을 도와주어 살 길을 열어 주었다고 칭송이 자자하더라.

진주 기생이었던 진주옥이라는 사람이 그의 친구 부용의 어려운 사정을 알고 도와주었다는 기사이다. 수백 량 가치가 되는 집과 양식을 마련해주어 살길을 터 줄 정도였으니 당시 진주 기생의 의리가 어떠했는지를 짐작할 수 있다.

또한 1925년 한강이 범람하였던 을축년 대홍수 때 수천의 가옥이 유실되고 사상 최대의 수재 피해를 입게 되자 조선 최초의 여기자 추계 최은희 지도로 명월관 기생들이 동원되어 수재민 구호작업을 벌였다는 기록이 남아있다.

부산에 있던 동래권번 기생들은 조선 물산 장려와 소비 절약을 실행하기도 했다. 의복은 물론 토산을 사용하고, 담배까지 끊기로 동맹한 동시에 물산 장려 노래를 지어 부르기도 하였다. 사립학교에서는 국산 포목으로 만든 교복을 착용하자는 운동이 일어났다. 전국 각지의 기생들까지 토산 장려 기생 동맹을 결성해 운동에 참여했다. 금주, 단연 등 소비 절약 운동도 벌어졌다.

한편, 1920년대 기생들은 사회봉사활동의 일환으로 자신들의 재주를 자선행사와 모금운동 등에 활용하기도 하였다. 그들은 일반 민중을 위한 공연도 행하고 그 수입을 수해의연금 또는 유치원 기금 등에 내어놓는 아름다운 모습도 보여주었다. 그것은 사회적으로 미천한 여성도 당당한 사회 일원으로서 적극 살아가는 것을 보여준 것으로, 그를 통한 여성의 지위 향상에도 일익을 담당할 수 있었다고 볼 수 있다.

당시 1920년대 기생의 대모 역할을 했던 동래권번의 기생 한동년은 그녀가 모아두었던 꽤 많은 재산을 모두 처분하여 고아원에 기증했다. 일부는 당시 김 목사가 자리를 옮긴 동래 수안교회에 헌금했다. 수안교회에서는 그녀의 지극한 신앙심을 기리기 위해 교회 뜰 안에 공로비功勞碑를 세웠다. 그리고 그녀는 고아원으로 들어가 아이를 돌보는 보모가 되었다.

뿐만 아니라 한동년은 동래온천의 많은 기생들에게 가장 추앙받고 존경받는 권번의 대선배로 후대에 이르기까지 많은 영향력을 끼치게 되었다. 그녀 이후에도 권번 생활로 어렵게 모은 재산을 여러 사회사업에 기탁하거나 직접 참여하여 여생을 보내는 기생들이 계속 이어졌다. 만년을 사회와 이웃을 위해 봉사하고 희생하며 의롭게 보내는 일이 동래권번 출신들의 보이지 않는 전통처럼 되었던 것이다.

그밖에 사회사업에 기여한 기생은 무수히 많다.

1923년 진주 기생 김연경金燕卿, 김성귀金成龜, 박근영朴槿英, 문숙희文淑姬 등이, 일신학교 대지에 대하여 무상으로 기부하는 자에게 오반午飯을 제공하기 위하여 각 기생들에게 의연을 모집하였다.[26]

1933년 전남 출생의 예명 장금향張錦香(1909~?)은 10년이란 기나긴 동안 쓰라린 기생의 살림으로 천천히 모은 재산의 일부를 사회사업에 내놓았다. 그녀의 본명은 장달막張達莫으로, 자기의 종래 기생 생활을 그만두는 동시에 사회 보은이라는 의미에서 그동안에 저축하였던 저금 중에서 현금 500원을 경성부 사회사업에, 또 500원을 자기의 출생지 전남도청에 각각 기부하였다. 이 기부를 접수한 경성부에서는 그녀의 생각이 기특하다고 하여 그것을 사회사업 중 방면사업의 기본금으로 지명하여 사용하였다.[27]

1936년에 안악권번의 기생 최금홍崔錦紅은 안악에 고등 보통학교를 설립하는데, 눈물과 웃음으로 모은 돈을 아끼지 않고 내놓았다. 그녀는 안악고보 설립에 적은 돈이나마 써달라고 하면서 현금 100원을 희사하였다.[28]

1936년 원산 춘성권번의 기생 송학선宋鶴仙은 출신학교에 적지 않은 금액을 기부한다. 당시 학령아동 다수 초과로 제3보교 실현의 필요가 절실하던 원산에 제1보교 졸업생이었던 기생 송학선은 보교 학급 증설비로 300원을 희사하였다. 이것을 받은 모교에서는 감격하여 마지않는다고 한다.[29]

1930년대 남도 창唱으로 명성을 날렸으며 후일 '호산장'이란 요정을 경영하기도 했던 이연숙李蓮淑도 한동년의 맥을 이어 사회사업으로 여생을 보낸 대표적 인물이다. 그녀는 동명목재 강석진姜錫鎭 사장 등과 더불어 부산에서 BBS운동(미국에서 20세기 초에 시작된 청소년 선도운동으로 문제아동들을 대상으로 한다)을 가장 먼저 일으켜 청소년 선도운동에 앞장선 주인공이기도 하다.

그밖에도 한동년의 맥과 전통을 이어 권번에서 물러나 요정이나 여관업을 하며 사회와 이웃을 위해 헌신적인 봉사활동으로 일생을 마감한 동래권번 출신 기생은 꽤 많은 것으로 알려져 있다.

'사상기생'으로 이름난 기생 정금죽은 본명이 정칠성이었다. 대구 출신인 그녀는 빈한한 집안 환경으로 7살에 기생이 되어 고된 훈련 과정을 거쳐 18살 때 상경해 남도 출신 기생들이 모여 있던 대정권번에 들었다. 기명은 금죽琴竹이었다.

기예로는 남중잡가南中雜歌, 가야금 산조, 병창, 입창, 좌창, 정재 12종무 등이 탁월하였고, 특히 바둑을 잘 두었다고 전해진다.

기생 정금죽

22세 때 3·1 운동이 일어나자 '기름에 젖은 머리를 탁 비어 던지고 일약 민족주의자가 되었다'고 한다. 다른 사상 기생들이 그랬듯이, 그녀는 사회주의 여성운동이 싹트던 25세에 일본 유학을 다녀오면서 사상적 변화를 겪는다. 고향에서 대구여자청년회를 조직한 이후 그녀의 삶은 사회주의 여성운동의 역사와 함께 새로 시작한다.

여성동우회, 삼월회, 근우회 등 사회주의 여성단체의 중요 간부를 맡는가 하면, 독학으로 쌓은 사상을 기반으로 무산계급운동의 필요성을 역설한다. 그녀에게 진정한 신여성은 어디까지나 '모든 불합리한 환경을 부인하는 강렬한 계급의식을 가진 무산여성'이었다.

그녀는 사회운동을 위해 여성들이 과감히 가정에서 뛰쳐나와야 한다고 했으며, 노동여성의 계급해방을 부르짖었지만 성과 사랑에 대해서는 언급을 피하여 당시 조선사회가 지니고 있던 보수성에 대한 충돌은 피해가고 있었다. 이는 기생 생활을 경험했던 여성 사회주의자가 식민지 가부장제에 타협하는 한 방법으로도 보인다.

30세에는 1927년 5월 조직된 최초의 항일 여성운동단체인 '근우회'에 참여한다. 당시 민족주의와 사회주의 계열로 양분되었던 국내 세력은 보다 강력한 항일운동을 전개하기 위하여 1927년 2월 신간회를 창립, 통합한다. 여성계에서도 이러한 통합론이 일어나 민족·사회 양파로 분열돼 있던 여성운동세력이 근우회 창립을 계기로 합쳐지게 되었다.

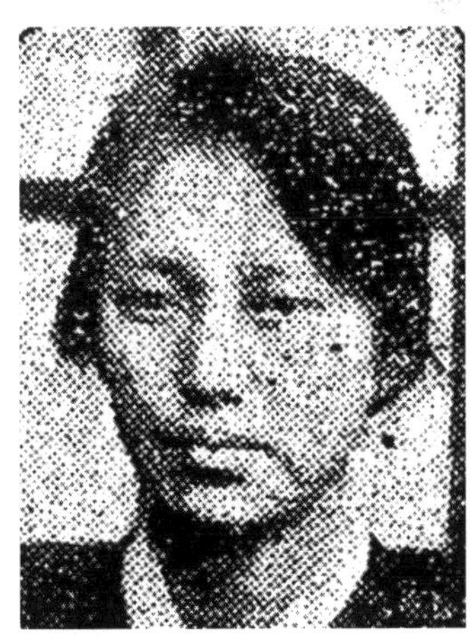
사회운동가로서의 정칠성

근우회는 특히 교육문제와 부녀자, 아동의 노동문제 등 사회복지적 측면에서 선구적인 사상을 갖고 있었다. 특히 야간작업 금지와 시간외 작업 금지, 탁아제도 도입 등의 항목을 살펴보면 당시의 여성들이 얼마나 열악

한 노동환경에서 신음하고 있었는지 짐작해 볼 수 있다.

32세에 정칠성이 근우회 서무 제17호로, 1929년 9월 27일 근우회 중앙집행위원회 위원장으로서 작성한 내무성 귀중 조선인 노동자 귀환에 관한 항의문은 다음과 같다.

> "금번 조선인 노동자를 일본에서 귀환시킨 데 대하여 다음과 같은 이유에 의하여 항의한다. 조선인 노동자는 경제적 궁핍으로 생활 곤란 때문에 구호책을 구하여 일본 노동시장에 건너가 근로한 것이다. 고로 그들은 조선에 돌아와도 생로 없는 비참한 무산군이다. 조선인 노동자들을 귀환시킨 것은 조선인 노동자들을 사지에 유혹하는 것이다. 또 일본인 노동자 보호를 위하여 각종 방책을 강구하면서도 조선인 노동자만 귀환시킨 것은 민족 차별이 아닐 수 없다."

이처럼 우리나라 최초의 근대적 여성운동단체였던 근우회는 1928년쯤부터 YWCA를 중심으로 활동하고 있던 김활란, 유각경 등이 퇴진하면서 사회주의 운동가들이 득세하기 시작했다. 또 1929년 광주학생 사건으로 인해 정칠성을 포함한 간부들이 검거 투옥된 이후 침체일로에 접어든다. 그 이후 정칠성의 활동상은 찾아볼 수 없고, 그녀는 사회운동계에서 한발 물러나 편물학교를 개설하였다고 한다.

8·15 광복 이후에는 조선부녀총동맹을 결성해 부위원장을 맡았다. 그녀는 1948년 8월 해주 남조선인민대표자대회에 참가하면서 월북했다가 그곳에 머물렀다. 이때 남조선을 대표한 제1기 최고인민회의 대의원으로 선출되었다.

1948년 10월 조선민주여성동맹 중앙위원을 지냈으며, 1956년 4월에는 조선노동당 중앙위원회 후보위원이 되었다. 1957년 8월 제2기 최고인민회의 대의원으로까지 활약했다는 기록이 보인다.[30]

기생의 파업 노동운동

기생의 파업은 화대, 즉 임금 문제로 인한 권번, 또는 주인과의 분규 문제였다. 그 밖에도 수금인과의 갈등도 있었다. 기본적으로 인력거꾼만도 못한 기생들의 처우 문제 때문에 파업은 발발하지 않을 수 없었다.

1929년에 서울에 있는 요릿집 '한양관'에서 남선권번 기생 일동이 동맹파업을 하였다. 이유는 약 8년간 기생 출입을 한 당시의 화대가 제대로 지급되지 않았다는 점이었다. 즉 1926년 12월 현재 700여 원이 적체된 상태에서 현금 300원은 받고, 잔금 400원을 월부 제도로 매월 50원씩 지불하기로 하였다. 결국 그때까지 750~760원이 적체되어 있었다. 봉래관 같이 매월 2회 감정제도로 지급방법을 개선하고, 종래의 2개월 감정제도 철폐 및 잔금 지불 요구를 한 것이다. 8년간 권번의 화대 수입 월 평균 300원, 누계 총 수입 약 30,000원이었다. 한양관 측은 요구액 800원 잔액은 이자에 불과한데 요리점 불경기에 파업은 부당하다며, 곧 지불할 것이라 하였다.

노예나 다름없던 당시 창기들은 1931년 4월 함경북도 청진에서 동맹파업을 벌였다. 포주의 강간, 사기, 불법감금, 구타를 견디다 못

해 단발을 하고 단식에 들어간 창기 11명은,

"우리는 절대 해방하지 않으면 죽음으로 대항하겠다."

고 절규했다.

대구 달성권번 기생도 화대 계산 문제로 1932년 1월 17일에 총회가 결렬되었다. 그러자 기생들 각자 자발적으로 휴업을 선언하고, 17일 밤부터 쟁의를 실행하였다. 종래 화대 1원 중 권번에 1할 5분, 요리옥에 1할 5분, 즉 30전을 냈다. 당시 규정에는 2할 7분 감은 물론 다른 권번에 준하여 2할 5분으로 계산해주는 데 대하여 권번이 불응하고 경찰서에 진정하였다. 기생은 권번에 반감을 가지고 수회 정면충돌 후에 권번배척운동을 개시한 것이었다.

즉 권번 탈퇴와 기생 자치제 영업을 계획하고 2월 16일 임시총회를 하였다. 출석 기생 40여 명이 권번 자영제에 의견 일치, 곧 권번에 정식 탈퇴를 선언할 예정으로 있었다.

1934년 6월 20일 의주에서는 기생들이 수금인이 아편 사용자로 수금액을 횡령함으로써 화대 지불이 잘 안 되는 것에 불만을 가졌다. 이 때문에 수금인 배척을 위한 파업을 하였다.

청주의 조선요리원조 '태평관' 기생 운선, 난심, 춘자 외 1명이 1936년 3월 3일 해동여관에 진을 치고 온돌에 불때주고 식사 등 기타 대우 개선을 요구, 휴업하였다.

기생은 종합예술인이었지만 봉건사회의 천민이었던 만큼 평생을 사회적 편견과 비애에 시달릴 수밖에 없는 존재였다. 일제 강점기 때의 기생은 전통 예술의 계승자였다. 하지만 계승의 주체가 기생이었기 때문에 왜곡이 생겨났다. 우리의 전통 춤, 소리가 단지 기생들에 의해 연회에 공연되었다는 것만으로 '기생춤', '기생소리'라고 폄하하고 비난하는 것은 '우리 것'에 대한 자기 부정이다.

신여성의 의상을 입은 기생 김롱주

歴史の都
平壌駅
11.3.23

시대의 아이콘이었던 비운의 조선 여배우 4人

역사적으로 보더라도 초창기 연예계에는 기생과 카페 여급 출신이 많았다. 또 식민지 시대 여자가수 중에는 평양 기생학교 등의 '권번' 출신이 적지 않았다. 이들 기생학교에서 노래와 춤 등에 대한 교육을 체계적으로 시켜왔기 때문이다.

여성은 집밖에 나다니면 안 된다는 봉건적 인식이 강해 남들에게 몸과 얼굴을 내보이는 것을 직업으로 삼는 연예인을 천하게 취급했다. 우리나라 여성들은 개화기까지만 해도 대문 밖으로 나설 때 장옷을 챙겨야 했다. 장옷을 벗고 대낮에도 활보하게 된 때가 1904년 이후이니, 우리나라 여성의 자유로운 외출사는 겨우 백 년 남짓하다. 이에 따라 여성 연예인의 배출 경로도 극히 제한되었던 것이다.

그때 당시 신일선 외에도 복혜숙, 이월화, 석금성이 3대 트로이카를 이루며 큰 인기를 끌었었다. 하지만 이들 모두 화려한 전성기와는 달리 기구한 운명 탓에 외로운 말년을 보내게 되었다.

여자로서 최초로 카메라 앞에 선 배우, 기생 이월화

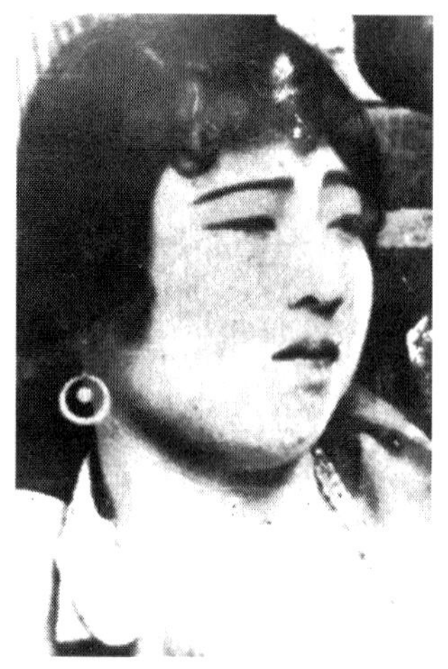
영화배우 이월화

기생 출신 이월화李月華(1904~1933)만한 미인도 드물었고 또 그만큼 박명한 여인도 드물었다. 비록 외모는 소박했다는 평이 남아있었지만 연기에 대한 넘치는 끼와 자신감은 그녀의 외모를 수습하고도 남았던 것 같다.

이월화는 서울 태생으로, 그녀의 어머니는 산후병으로 죽고, 아버지도 그 뒤 1년이 채 못되어 첫돌도 안 된 그녀를 세상에 남기고 떠났다. 원래 그녀의 아버지는 신申씨였는데 어린 그녀를 이李씨라는 자식 없는 과부에게 길러 달라고 내주어서 그때부터 이씨 성을 가지게 되었다. 이씨 과부의 양딸로 민적을 올리게 된 것이다.

그러나 그 양모도 그녀가 걸음마를 할 무렵 즈음 죽고, 그 뒤 창성동에 사는 조趙씨라는 과부가 그녀를 다시 데려갔다. 그녀는 죽을 때까지 그분이 자기를 낳아준 생모인 줄만 알고 지성껏 모셨다.

그녀는 진명 보통학교 3년을 졸업하고 이화학당을 다니다가 신파극단 〈신극좌〉의 여배우로 등단하였다. 16세 때 그녀를 부르는 이름이 이정숙李貞淑이었고, 〈신극좌〉의 김도산 일행에 참가하게 된 것이 그가 극계에 발을 들어놓게 된 계기가 되었다. 동시에 조선 극계에서 여배우를 가지게 된 것도 이월화가 비로소 처음이었다.

1921년 윤백남은 민중 극단을 창립하고 신극 운동에 동분서주하고 있었다. 하루는 그가 안종화를 찾아와서 소녀들만으로 구성된 여명극단의 공연을 보러가자고 했다.

그때 단성사 무대에서는 윤백남의 2막극 〈운명〉이 여명극단에 의해 공연되고 있었다. 그 극은 하와이가 배경이었는데, 보아하니 '메리' 역을 맡은 소녀 하나가 제법 어색하지 않은 연기를 보여주고 있었다.

"선생님, 제 연기 어때요? 쓸 만하죠?"

막이 내린 다음, 화장실로 찾아간 윤백남에게 여배우 하나가 이런 말을 건네었다. 메리 역을 맡은 눈이 초롱초롱한 소녀였다.

이 열아홉의 소녀는 당시 말괄량이라는 별명을 갖고 있었지만 얼굴도 잘 생겼고, 성격도 매우 활발한 '이정숙'이란 아이였다. '이월화'라는 이름은 바로 윤백남이 지어준 것이다.

그 뒤 토월회에 참가하여 〈카추샤〉, 〈칼멘〉 등에 출연하자 여배우로서의 인기가 절정에 달했고, 7회 공연을 마친 뒤 조선서 처음으로 생긴 부산의 영화사 '조선키네마회사'의 여배우로 들어갔다.

당시 18세 이월화를 본 복혜숙은 이렇게 말하였다.

"그녀가 토월회를 막 탈퇴하기 전 내가 동경으로부터 나와서 처음으로 이월화를 만났는데, 그때의 월화는 꼭 촌뜨기 같고 아무것도 모르는 멍텅구리 같았다. 저런 여자가 어떻게 연극을 하나 싶었고, 게다가 귀중한 인기 여배우라는 것을 생각할 때는 놀랐고, 그녀가 나중에 갖은 고생을 다하며 세상 사람에게 '타락한 여자'라고 조소를 받게 될 것을 어이 짐작이나 했겠는가?"

18세의 여배우 이월화가 동경 유학생들의 모임인 토월회 제1회 공연에 '조선극장' 무대에 나타나자 거의 모든 시선이 그녀에게 집중되었다. 토월회는 복혜숙, 이월화, 석금성 등 세 별이 빛나는 무대로 그야말로 유사 이래의 대호화판이었다.

윤백남은 연극에서의 인기를 영화로 옮길 구상을 했다. 당시로서는 획기적인 제안이었다. 남장배우가 아닌 여자 연기자에게 여주인공을 맡겨서 영화를 제작하는 것이었다. 당시 여장배우가 아닌 여자로서 최초로 카메라 앞에서 연기한 배우는 이월화가 처음이었다.

이렇게 탄생한 영화가 1923년 윤백남 각색, 감독의 〈월하의 맹세〉였다. 영화에서 그는 연극에서 사용하던 이정숙이란 이름을 버리고 원래 부르던 이월화라는 이름을 쓴다. 자신의 신분노출을 꺼리는 당시의 관습에도 불구하고 본명을 사용한 것은 그가 남다르게 솔직하고 자신감이 넘쳤음을 보여주는 부분이다.

〈월하의 맹세〉에서 그는 연극에서 덧씌워진 요부의 모습을 벗어던졌다. 웃는 모습과 우는 모습, 사뿐히 걷는 모습 등을 통해 감정의 폭을 조절하여, 헌신적이면서도 강인한 여성상을 보여주었다. 여기에서의 성공은 이월화에게 조선 키네마 최초의 영화 〈해海의 비곡悲曲〉(1924년)에 다시 주연으로 캐스팅되는 행운을 가져다주었다. 여배우가 등장할 수 없었던 인습을 깨고 최초로 카메라 앞에 등장하기까지의 상황과 연극배우로 연기력을 인정받아 대중의 인기를 누리는 영화배우로 성공한 것을 볼 때 그녀는 높은 평가를 받아 마땅하였다.

그녀는 소박한 미모에 아담한 몸매 그리고 '말괄량이'라는 별명을 가질 정도로 성품이 활달해서 배우로서는 제격이었다. 남아 있는 여러 장의 사진에서는 유난히 맑게 빛나는 눈동자와 통통하면서도 귀염성 있는 얼굴, 당찬 표정에 씩씩한 기질이 드러난다. 이런 그에게 맡겨진 역은 대부분 요부형 여성이었다. 하지만 현모양처라든가, 『상록수』의 '채명신' 같은 역할도 충분히 소화할 수도 있었을 것이다.

그러나 영화의 초창기에 여배우를 쓰는 일조차 획기적이었으니, 여성을 극의 중심에 놓는 영화도 드물었을 것으로 보인다. 자연 남자를 유혹하는 타락한 여성이나 남자들의 싸움에 희생되는 청순가련형이 등장하는 영화가 대부분이었다. 이런 풍토에서 위대한 연기자, 연기력으로 영화의 성패를 가늠하는 예술정신 등을 기대하는 것은 무리였을 것이다.

윤백남은 그의 다음 영화인 〈운영전〉에서도 그녀에게 여주인공으로 안평대군이 사랑한 운영 역을 부탁하였다가 갑자기 아무 해명도 없이 주연을 김우연金雨燕으로 바꾸고 만다. 이 사건을 두고 김우연의 미모가 이월화보다 뛰어나서라느니, 김우연과 윤백남의 교분이 두텁다느니 하는 등의 소문이 나돌았다. 그러나 스크린 테스트 결과, 실제로 김우연은 이월화보다 뛰어난 조건은 아니었다.

배우는 연기가 첫째 조건인데 사전에 해명도 없이 주연을 교체한 점을 두고 이월화는 분노했다. 그는 윤백남과 크게 싸우고서 윤백남의 제작사가 있던 부산을 떠나 서울에 정착했다. 감독과의 개인적

친분으로 배역을 얻는 영화계 현실에 불만을 품고 독자적으로 배우 생활을 시작한 것이다.

이월화는 진명학교를 거친 당대 신여성이었다. 남성과 비교해도 남부럽지 않은 신교육을 누린 엘리트였던 것이다. 그러므로 미모에서 다른 여배우에게 밀려 영화계를 떠났다는 설은 다분히 과장일 수 있다. 〈운영전〉 사건 이후에도 1927년에 〈뿔 빠진 황소〉와 1928년에 〈지나가支那街의 비밀〉에서 여전히 연기자의 길에 집착을 보인 것만 보더라도 그 모순됨을 짐작해 볼 수 있다.

비록 새로운 여배우들의 도전이 있더라도 그녀는 최초의 여성 스타로서 대단한 자부심을 가졌다. 특히 어려서 부모를 잃고 남의 손에서 자란 이월화가 당시 남자들의 세상이었던 연극 무대를 거쳐 영화에서 주연배우가 되었다는 점을 보아도 그렇다. 그는 대단한 자아 정체성과 강인한 정신력을 가진 여성이었다. 또한 자신의 삶에 방관하지 않고 적극적으로 개척하는 의지의 소유자임을 알 수 있다. 영화계를 떠났던 것도 여배우를 동등한 연기자로 성장시키지 않고 단순한 노리갯감으로 대우하던 남성 중심의 영화계에 대한 환멸이 더 큰 이유였으리라 보인다.

이월화가 활동한 20년대로부터 현재까지도 한국 영화 현장에서 여배우가 감독에게 대들거나 노골적으로 불만을 노출시키는 일은 드물다. 그것은 여배우로서의 생명을 끝내려는 각오 없이는 감히 생각도 못할 만큼 큰일인 것이다. 그런 점에서 〈운영전〉의 캐스팅을 계기로 이월화가 당대 한국 영화의 현실에 실망하고 분노를 표시한 것은 대단한 용기를 필요로 하는 사건이었다.

그 후에도 이월화는 김우연, 김남연, 김정숙 등과 같이 연기력보다 미모와 감독과의 교분으로 주연을 맡는 풍토에 적응하지 못했다. 그래서 그토록 열정을 불태우던 배우라는 직업에 회의를 품고 포기한 채 외지로 떠돌이 생활을 시작한 것이다. 여배우 길들이기 방식을 거부한 여배우 이월화의 비참한 삶의 말로는 한 개인의 비극이라기보다 한국 영화의 비극적 단면을 보여주는 부분이기도 하다.

20세에 이월화도 단발을 하는데, 이는 날로 망령이 늘어가는 모친의 잔소리 때문이었다고 한다.

"돈 있는 남편 얻어 호강하라. 그렇지 않으면 기생이 되라."

말문이 막힌 그녀는 '이러면 기생되라는 소리는 못 하겠지'라는 생각으로 머리를 잘라 버렸다고 한다.

父母ㄴ모르는孤兒
本名은洪所回인듯

이월화의 사진과 기사 〈동아일보〉 1933년 7월 19일하지만 이월화는 결국 생계를 유지하기 위해 홍성洪城으로 기생이 되어 내려간다. 여기서 당시 기생들의 숱한 연애담과 구구한 사연들을 다 뒤로 하고서라도, 기생이자 연극배우였던 이월화의 기구한 사랑을 짚어가지 않을 수 없다. 이월화의 짧은 인생 속에는 그녀를 운명처럼 이끌고 간 네 명의 남자가 있었다.

첫 번째 남자는 극단 토월회에서 만난 박승희였다. 박승희는 토월회의 주재 격이면서 월화와 의기투합하여 민중극을 끌어가는 데 공헌한 사람이었다. 하지만 아쉽게도 유부남이었다. 월화의 주체할 수 없는 첫 번째 사랑은 그냥 그렇게 가슴에 묻혀야 했다.

박승희의 빈자리에 들어온 두 번째 남자는 K라는 법학도였다. 두 사람은 아슬아슬한 현실 속에서도 미래를 꿈꾸며 사랑을 쌓아갔다. 그러나 K는 월화를 배신하고 결국 다른 여자와 결혼하였다. 이 일을 계기로 월화는 본격적으로 기생을 업으로 삼게 되었다. 실망과 분노를 이기지 못한 그녀는 사흘 동안 첫날밤도 안 치룬 신랑을 잡아두고 보내지 않았다는 비희극적 이야기도 전해진다.

이에 복혜숙은,

"K라는 사내에게서 받은 상처가 월화로 하여금 다시 발을 뺄 수 없는 타락의 구렁에 빠지게 한 것이라고 나는 생각합니다."
라고 말했다.

세 번째 남자는 월화가 스스로 오양가극단을 조직한 후 자금난에 빠져 있을 때 그녀를 구해준 허씨라는 부잣집 아들이었다.

그러나 허씨는 월화의 계속되는 댄서와 화류계 생활을 못 견뎌 하였고 생활고까지 겹쳐 자살하고 만다.

마지막 남자는 24세에 댄스홀에서 만난 이춘래라는 일본계 중국인 청년이었다. 어느 날 그녀가 이춘래에게 술이 취하여,

"학생 신분에 댄스홀에 다닐 자격이 없다."

라고 꾸짖은 일이 있은 후, 이것이 동기가 되어 두 사람의 사랑은 싹트기 시작하였다.

두 사람은 수원에 포목점을 내고 보기 좋은 젊은 부부의 모습으로 닭을 기르고, 토끼를 치며, 채소밭을 일구기도 하며 지냈다.

이춘래가 행방불명이 되어 걱정했던 그의 집안사람들은 수원의 포목상을 다녀와서는 매우 만족하였다. 그의 아버지는 일본 모지門司로 돌아가서 자기 아들에게 타관에서 고생할 것 없이 이월화를 데리고 집으로 돌아오라고 편지를 하였다.

마침내 월화의 네 번째 사랑은 어렵게 이씨 집안의 허락을 얻어 시댁인 구주문사에서 시집살이가 시작되었다.

하지만 평생을 생모인 줄 알았던 어머니 조씨의 죽음으로 인한 충격과 이국에서의 시집살이에 대한 부담감을 이기지 못한 채, 결국 1933년 7월 18일 자살을 택하여 박명한 29세의 생애를 마감하게 된다.

기생이 되지 않으려 스스로 단발까지 선택했지만 결국 그 길을 가야 했던 여인, 숱한 남자를 만나 염문을 뿌렸다. 하지만 결국 누구와도 사랑을 이룰 수 없었던 가여운 여인. 살기 위해 선택한 길에서 죽음을 선택해야 했던 기구한 운명의 여인을 두고 당시의 언론은 미인박명美人薄命이라는 허탈한 표현으로 회고하고 있다.[31]

"웃음 속에 피어나는 눈물"의 배우, 기생 석금성

"아담한 맵시와 천진난만한 애교로써 장안의 인기를 한 몸에 모은 조선권번의 석정희는 무엇을 생각했는지, 신극운동단체인 토월회에 들어가 석금성이란 이름으로 배우가 되었다. <간난이의 설움>, <스잔나>, <카추샤> 등에 출연하여 많은 관객의 눈물을 자아내더니, 작년 7월 이후에 소식이 묘연해졌다. 그래서 각처로 무선전화를 놓아 봤더니 충남 어느 지방에서 아이까지 낳은 그의 첫사랑인 이 모 씨와 같이 꿀같이 단 세월을 보내고 있음을 알게 되었다. 아주 얌전한 시골 색시가 되어 충실한 아내 노릇, 며느리 노릇을 잘한다고 전해왔다."

기생 동인지 〈장한長恨〉에 '무선전화'라는 소개의 글에서 석금성石金星(1907~1995)을 위와 같이 표현하였다. 본명이 석정희石丁羲 혹은 석정의石丁義인 석금성은 평안남도 한 서민의 무남독녀로 태어나 일찍 서울로 이주하여 진명여학교를 다니다가 기방에 들어갔다. 뭇 남성들의 뜨거운 인기를 한 몸에 받은 조선권번의 명기였던 그녀는 토월회에 들어가 석금성이란 이름으로 배우가 되었다.

석금성은 신극 초창기 여배우의 한 사람으로 타계할 때까지 인기를 누린 최장수 여배우였다. 무성영화와 흑백·컬러 영화 시대 및 텔레비전 시대를 섭렵한 한국 영화계의 증인이었다. 그녀는 1925년 광무대光武臺 공연의 〈추풍감별곡〉의 주역인 추향秋香을 맡아 데뷔 공연을 가진 뒤 〈간난이의 설움〉, 〈스잔나〉, 〈카추샤〉, 〈희생하든 날

밤〉, 〈춘향전〉, 〈산 송장〉, 〈쟌발쟌〉, 〈혈육〉 등에 출연하여 상당한 인기를 끌었다. 당시 숱한 영화계로부터 출연 교섭이 줄을 이었다. 그 밖에 〈아리랑고개〉, 〈모란등기〉 같은 무대극에서는 보다 많은 인기를 끌기도 하였다. 조금 쌀쌀맞은 듯하면서도 귀여운 미모의 소유자였던 그녀는 비극적 주인공이나 호화스러운 귀부인 역할에 잘 맞았다고 한다.

그 후 그녀는 다시 연극계로 돌아가 이월화, 복혜숙 등과 함께 조선의 3대 여배우로 꼽힐 만큼 유명해졌다.

석정희는 19세에 장안의 기생집을 누비고 다니던 충청도의 한 부잣집 아들과 혼인했다. 시집살이를 하던 석정희는 서울에서 많은 날을 허비하는 남편을 찾아 상경했다가, 극작가이면서 토월회 전무였던 이서구를 만나 그의 권유로 한국 최초의 연극단체였던 토월회의 창단 멤버가 되어 '석금성石金星'이란 이름으로 입단한다.

그가 여배우가 될 수 있었던 것은 빼어난 용모에다가 적극적인 성격이 원인이 되었지만, 그보다도 그녀 자신이 연극을 매우 좋아했고, 따라서 토월회 연극을 자주 관람한 데 따른 것이었다. 여배우가 대단히 부족했던 그 당시, 그녀는 토월회로부터 기

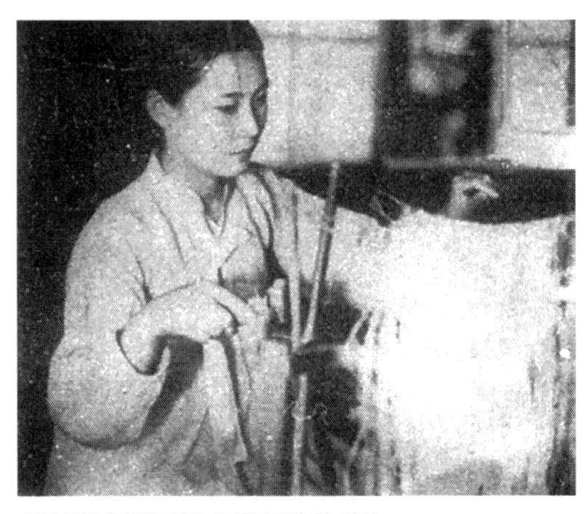

석금성이 출연한 영화 〈심청전〉의 한 장면

방 급료에 못지않은 60원이라는 거금을 받고 무대에 서게 되었다.

1925년 광무대 공연의 〈추풍감별곡〉의 주역인 추향을 맡아 첫 무대를 밟았다. 데뷔 공연이었음에도 불구하고 그녀는 배짱 있고 괄괄한 성격이어서 조금도 위축되지 않았다. 첫 무대부터 개성파 배우로서의 면모를 보여 주었다. 그로부터 그녀는 선배 복혜숙과 쌍벽을 이루면서 연극 무대의 신데렐라로 세간의 이목을 모으기 시작하였다.

워낙 억세고 저돌적인 성격의 소유자였던 그녀는 연기 생활과 실제 생활에서 억눌려 살아온 자신의 삶을 현실적인 연기로 나타내어, 당시 여성들의 우상이 될 만큼 스타로 부상하였다. 하지만 19세의 나이로 시집을 간 이후 결혼생활은 순탄치 못했고 결국 다시 무대와 스크린에 복귀하여 맹활약을 보여주었다.

당시 〈매일신보〉 1930년 10월 3일자 신문 기사에는 '무대배우 석금성石金星(웃음 속에 피는 눈물)'이라는 제목으로, 불완전한 무대 설

기생 석금성(오른쪽)

비와 이해 없는 사회가 무엇보다도 큰 고통이라는 내용이 실렸다.

> "나는 본시 기생 출신으로 봄바람에 나부끼는 노류장화의 생활도 해 보았고, 또 남의 여염집 주부 노릇도 하여 보다가 어떤 사정으로 인하여, 지금으로부터 6년 전 봄에 당시 광무대에서 공연 중인 토월회에 가입한 것이 내가 여배우로 행세하게 된 첫 발단이 된 것입니다. 첫 무대는 <추풍감별곡>의 추향秋香이었는데, 연극을 하는 사이사이에서 <약혼>과 같은 영화에도 출연해 본 경험이 있었습니다마는, 나에게는 암만해도 무대극이 적당한 것 같습니다. 그리고 나의 성격으로 보아서 가장 적역適役이라고 생각하는 것은 토월회에서 공연한 <스잔나>와 기타 천진스러운 것이나, 그렇지 않으면 날뛰고 까부는 역인 것 같습니다. 저의 희망은 조선에 훌륭한 극단과 극장이 하루 바삐 생기는 것입니다."

석금성은 조선 연극계 전체에 대하여, 첫째 기성극단이 지나치게 검열 문제에 민감하다는 것, 둘째 좌익극단은 다소 좌익 소아병적인 것, 셋째 극장 경영자가 너무나 흥행 위주의 경영을 하는 것 등에 대하여 당돌할 만큼 목소리를 높이기도 하였다. 이는 석금성이 현실적인 프로이자 진보적 연극인으로서의 열의와 기개를 보여주기도 하는 부분이다.

1930년대에는 미나도좌港佐 신극부에 출연하고, 태양극장의 주역으로 다시 등장했으며, 태양극장이 해산되면서 주로 영화에 모습을 드러내었다. 해방과 함께 토월회 재건무대에 복귀했으나, 다시 영화계로 옮겨가서 조연배우로서 꾸준히 인기를 확인하며 자리를 찾았다.

1937년 안석영 감독의 무성영화 〈심청전〉으로 영화계에 데뷔한 이후 200여 편의 영화에 출연했으며, 1985년에는 77세의 나이로 〈백구야 훨훨 날지 말라〉(정진우 감독)에 출연해 화제가 되기도 했다. 그 밖에 대표작으로 〈춘향전〉·〈단종애사〉·〈장화홍련전〉 등을 꼽는다.

젊은 날의 깜찍한 신세대 연기자의 이미지를 벗고, 심술궂은 계모, 시어머니, 기생어멈 등 개성 강한 악역을 도맡아 하면서 오히려 개성파 연기자로 자리를 굳혔다. 그녀는 목숨이 다하는 그날까지 텔레비전 드라마 〈분례기〉·〈친애하는 기타 여러분〉·〈사랑의 향기〉 등에 출연해 노익장을 과시하기도 하였다.

그녀는 경성방송국 아나운서였던, 무용가 최승희의 오빠 최승일과 재혼했는데, 그는 카프계 출신 희곡작가였다. 최승일이 동생 최승희를 뒷바라지하며 8·15 해방 후에도 월남하지 않자, 1948년 4남매를 모두 아버지가 있는 북으로 보냈다고 알려져 있다.

최승일崔承一(1901~?)은 일제 강점기에 연극, 방송, 문학 등 문화예술계에서 다양한 활동을 했다. 아호는 추곡秋谷이다. 최승희가 무용을 시작할 때부터 많은 영향을 준 것으로 알려져 있으며, 최승희의 남편인 안막과는 같은 사회주의 계열의 문예운동가였다. 첫 부인은 아나운서 마현경, 두번째 부인은 영화배우 석금성이고, 조선민주주의인민공화국 시인 최로사가 최승일의 딸이다.

경성부에서 자라 배재고등보통학교와 일본 니혼대학에서 수학했다. 1920년 일본에서 결성된 극예술협회를 시작으로 좌익 유학생들이 조직한 북풍회에 참가하고, 박영희, 나도향 등과 함께 신청년 동인으로 활동했다. 1922년 사회주의 연극단체인 염군사에 참여했으며, 염군사가 박영희의 파스큘라와 통합하여 결성한 조선프롤레타리아예술가동맹에도 참가했다. 신흥극장을 중심으로 연극운동을 하고, 경성방송국에 근무하면서 라디오 드라마를 연구하는 라디오 극연구회를 조직하기도 하는 등 선구적인 문예활동을 벌였다. 그는 '한국 최초의 PD'로 불린다. 첫 부인 마현경은 경성방송국의 제1호 공채 아나운서이며, 두 번째 부인 석금성은 신흥극장의 연출자와 배우로서 만나 결혼했다. 1924년 〈안해〉로 등단하여 서대문형무소를 배경으로 한 〈봉희鳳姬〉(1926) 등 소설 작품도 꾸준히 발표했다. 숙명고등여학교에 다니던 막내 동생 최승희에게 무용을 권해 그녀가 유명한 무용가가 되자 자서전을 대필해 출판하기도 했다. 또 일제강점기 말기에 동아영화사 대표로 있으면서 지원병 제도를 홍보하는 전쟁 영화 〈지원병〉을 제작했다. 이 영화는 최승일의 카프 동료인 안석영이 감독을 맡아 찍은 친일 영화이다. 이로 인해 2009년 민족문제연구소가 발표한 친일인명사전 최종 수록대상자 4,776명 명단 중 연극·영화 부문에 포함되었다.

노년의 석금성

광복 후 얼마 지나지 않아 최승희, 안막 부부와 마찬가지로 월북했다. 부인 석금성은 대한민국에 두고 4남매와 함께 북조선으로 갔는데, 그녀의 맏딸 최로사崔露沙는 그 후 북한의 유명한 시인이 되었으며, 막내 아들 최호섭은 최승희의 영향을 받아 안무가로 활동하였다는 기록이 전한다.[32] 특히 자녀들 중 맏딸 최로사는 한국 전쟁을 거치며 전시 가요인 〈샘물터에서〉 작사가로 유명해진다. 하지만 최승일의 이후 활동은 잘 알려진 바 없다.

분단과 함께 남편과 자녀가 월북함으로써 그녀의 말년은 한적하고 외로웠지만, 1990년대 초까지도 간간이 영화와 TV 드라마의 노역으로 활약한 열정을 확인해 볼 수 있다.

그녀는 확실한 성격배우로서 무대와 스크린에서 한국의 강인한 어머니와 할머니상을 심어준 추억의 스타가 되었다.

영화 〈아리랑〉이 만들어낸 스타, 기생 신일선

한국영화사상 가장 높은 평가를 받고 있는 영화를 꼽는다면 〈아리랑〉을 뛰어넘을 영화가 없을 것이다. 그만큼 〈아리랑〉은 무성영화 시대는 물론이고, 오늘날까지 한국영화를 대표하는 하나의 상징처럼 여겨지고 있다. 더불어 이 영화에서 주연하고 각본까지 쓴 나운규의 명성도 전설처럼 남아 있다. 제작 당시부터 오늘날에 이르기까지 한결같은 평가를 받고 있는 작품도 〈아리랑〉을 능가하는 경우를 보기 어렵다. 조선키네마프로덕션은 첫 번째 제작한 영화 〈농중조〉

가 흥행에 성공하자 이에 자신감을 얻고 두 번째 영화 제작에 착수했는데, 그 영화가 바로 〈아리랑〉이었다. 나운규가 쓴 대본을 원작으로 삼은 작품이었는데, 주연도 나운규가 맡았다.

그의 상대역을 맡은 여배우는 신홍련. 훗날 신일선이란 이름으로 더 알려진 신인 배우였다. 〈아리랑〉의 출연으로 신일선은 일약 대형 스타로 떠올랐다. 신일선을 키웠던 나운규는 그녀를 평가하면서 "신일선에게는 만인의 시선을 끄는 자태가 있으며, 스크린 속에 피는 나리꽃 같은 시원한 양자樣子가 있다"고 말했다.

신일선申一仙(1907~1990)은 서울 출신으로 본명이 신삼순申三順이었다. 동덕여학교 3학년에 다니던 때, 그녀의 오빠 신창운申昌雲은 조선극장에서 공연 중이던 〈조선 예술 가극단〉의 주연 여배우 이혜경에게 반해 날마다 미친 사람처럼 극장에서만 살았다. 그러다 신일선은 오빠의 강권으로 〈조선 예술 가극단〉에 들어가 배우가 되었다. 매니저로서 신일선을 따라다니던 신창운은 목적대로 이혜경과 가까워졌고 급기야 동거생활로 들어갔다. 이에 단원들과 관객들은 수군거렸고 이런 행동은 극단의 단결을 해쳤다. 결국 극단에서는 부산 공연의 실패를 이유로 신창운과 신일선을 내쫓았다.

조선영화계 유일의 화형花形 여우女優, 〈별건곤〉

〈별건곤〉 1927년 7월호는 신일선 인터뷰 기사를 실으면서 위와 같은 제목을 달았다. 당시로서는 신일선의 얼굴이 연구대상이 될 만큼 그녀는 최고로 인정받고 있었다.

나운규의 영화 〈아리랑〉에서 신일선의 한 장면

신일선을 대형 스타로 만들어준 영화는 바로 처음 출연한, 무성영화 시대의 최고 명작인 〈아리랑〉이었다. 4개월 만에 만들어진 〈아리랑〉이 개봉되자 장안의 화제는 모두 이 영화에 집중됐다. 그 후에도 계속 인기를 끌어 전국 방방곡곡 관객들을 웃기고 울렸다. 〈아리랑〉이 만들어진 1926년 한 해, 신일선은 나운규가 만든 〈풍운아〉와 이경손이 만든 〈봉황의 면류관〉에 여주인공으로 출연했다. 1927년에는 〈괴인의 정체〉, 〈들쥐〉, 〈금붕어〉, 〈먼동이 틀 때〉에 출연했다. 1926년과 1927년, 두 해 동안 제작된 한국영화가 총 16편이었는데, 신일선이 총 7편의 영화에서 주연을 맡아 최고의 전성기를 누렸다. 나운규의 영화 〈아리랑〉이 만들어진 뒤로 조선에 '금강산'과 '신일선'이 명물이 되었다. 천도교당이나 청년회관의 음악회에 신일선이 출연한다면 언제든 만원이었다고 한다.

동덕여자보통학교에 다닐 때엔 음악에 소질이 있어서 성악가 김형준 씨에게 개인교수도 받았지만, 1학기를 마치고 학업을 그만두게 된다. 13세 무렵 조선예술단의 배우들이 간부들과 뜻이 안 맞는다고 파업을 하자, 그녀의 오빠 신창운이 당시 간부의 한 사람으로서 여러 가지 임시 수습책을 찾다가 바로 동생 신일선을 여배우로 데뷔하게 한다. 이를 계기로 조선예술단에 들어가 순회공연을 따라다녔는데 연극에도 출연하였지만, 주로 가는 곳마다 독창을 하여 인기를 끌었다. 학교 다닐 적부터 창가를 제일 잘하던 그녀에게는 당연한 결과일 수도 있었다. 예술단에 들어가 처음에는 〈살괭이狸와 토끼〉라는 가극에서 살괭이 역할을 하였다. 그러다가 조선예술단이 조선 순회공연을 마치고 돌아오자 또 파업이 일어나서 그녀의 오빠가 따로 나와 '반도예술단'을 조직하자, 그녀는 반도예술단원이 되어 이번에는 서도 지방을 순회하였다. 순회를 마치고 돌아와서 반도예술단은 해산되고, 새로 '동반東半예술단'이 되었고, 그것이 나중에 '해동예술단'이 되어 그녀는 해동예술단원이 되었다.

해동예술단이 함경도 함흥에 가서 흥행할 때, 거기서 토월회 회원 일행을 만나는데, 그때 그중에 이경손이 그녀를 처음 보고 그녀의 오빠와 의논한 후에 서울로 와서 '조선키네마회사'에 소개를 해주었고, 곧바로 〈아리랑〉에 출연하게 되었다. 하지만 그녀의 인생에 예쁘고 화려한 추억들만 남아있는 것은 아니었다.

영화 〈괴인의 정체〉를 찍을 때 그녀는 북악산 도선암까지 기어올라가서 높다란 바위에서 뛰어내리다가 잘못되어, 머리가 터지고 인사불성이 되어 이마에 지울 수 없는 흉터를 남기기도 하였다. 또 영화 〈금붕어〉를 찍을 때 한강에 나갔다가 물에 빠져서 한동안 죽었다가 요행으로 살아나기도 하였다.

그녀에 대해서 당시 언론은,

"인물도 절색일 뿐 아니라 영화배우에 적합한 곡선미, 유망한 표정과 상당한 애교, 순결한 처녀에 종달새라는 별명, 장래 조선 영화의 명 여배우"

라는 찬사를 아끼지 않고 있다.

당시 그녀는 영화 출연으로 팬들이 보낸 편지가 하루에 3백여 장이 넘는 인기 여배우였다. 그녀는 의외로 철봉운동을 좋아하고, 예술잡지나 조선역사 읽기를 좋아하였다.

당시 인기 배우이며 뛰어난 시나리오 작가이자 연출가였던 나운

大正十五年十月十七日 【日曜日】

音樂과演藝

今年最終으로 日本輸入映畵

申一仙

3

朝鮮映畵界花形點描

신일선 사진과 당시 〈동아일보〉 기사 1926년 10월 17일

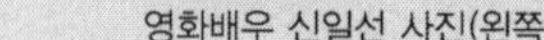
영화배우 신일선 사진(왼쪽)

규도 최적의 파트너로 신일선을 꼽으며, 침착하고 무게 있는 그녀의 성격을 칭찬하였다. 하지만 극예술에 대한 지식을 비롯한 교양이 부족하고, 이제 얼굴만 가지고 명배우 노릇을 할 때는 지났다고 일침을 놓고 있다. 소설가 김동인도 신일선은 뛰어난 미인이지만 키가 작아 흠이라는 언급을 했었다고 한다.

기생의 길로 접어든 처음부터 신일선에게 생계는 중요한 몫이었다. 그렇기에 화려한 은막의 여배우로 노래 부르고 연극을 하던 시절을 접고, 돈을 탐내어 부잣집 아들에게 두 번이나 시집을 갔었다는 스캔들도 밉게 볼 수만은 없다.

26세에 기생이 된 사연은 생활고 때문이었다. 부모도 모시고 오빠도 있는 집의 살림이 날이 갈수록 기울어지니, 연약한 몸이라도 생활비를 만들 길을 찾아 나서게 된 것이다. 그래도 기생을 하면서 '은막에 다시 나서 여배우'를 하는 것과 '좋은 가정에 시집을 가려는 희망'을 버리지는 않았다.

조선권번 기생 신일선

신일선의 인기가 넘치다 보니 그녀를 사모하는 남자들 또한 한둘이 아니었다. 연애문구를 적은 팬레터가 쌓이고 적극적으로 구애하는 사람도 생겼다.〈봉황의 면류관〉을 연출한 이경손 감독도 신일선을 남몰래 짝사랑한 사람 중 하나였다. 뿐만 아니라 박덕양이라는 사람은 짝사랑을 심하게 한 나머지 기관차에 몸을 던져 자살까지 했다.

〈중앙일보〉 '남기고 싶은 이야기'에서 신일선은,

"인기인들, 특히 여배우의 운명이 기구하기는 예나 지금이나 마찬가지일 것이다. 꽃이 피면 지게 마련이듯이 여배우도 늙어지면 빛을 잃고 마는 것이다."

라고 말했다. 당시에는 영화계가 자리도 잡히지 않았고 영화라고 1년에 많아야 5~6편이 제작되던 때였으니 스타로서 팬들의 인기는 한 몸에 받았지만 실제로 별다른 보수를 받지 못하는 실정이었다.

신일선도 이때쯤 출연료를 제대로 받지 못해 생활에 쪼들리고 있었다. 그러자 술과 도박에 빠져 있던 오빠 신창운은 연극배우 심영의 꾐에 빠져 양승환에게 영화 출자금 명목의 거액을 받고 신일선을 시집보냈다. 하지만 결혼 3개월 만에 양승환의 본처가 애를 안고 나타났다. 양승환은 미두米豆에 손을 댔다가 사기꾼들의 농간에 빠져 전 재산을 날렸다. 그녀는 집도 없어 시동생에게 얹혀살아야 했고, 남편의 극심해지는 학대에 자살을 기도했지만 죽지 못했다. 그러다 그녀는 친정어머니의 부축을 받으며 남편이 없는 틈을 타서 서울로 도망했다. 7년 만에 이혼을 하고 신일선은 다시 배우로 돌아왔다.

신일선 사진

5년 만에 다시 스크린에 복귀하게 되는데, 그녀는 당당하게 기생의 길도 자신의 인생의 절반 몫으로 인정하고 있었다. 생활비는 기생을 하여 벌고, 영화

방면에서는 보수를 바라지 않고 예술적, 양심적으로 나오고 싶다고 당차게 말한 당시 인터뷰 기사에서도 찾아볼 수 있다. 그녀는 첫 결혼의 실패와 연기의 슬럼프 속에 오케이 레코드 서울지사장의 제의를 받아들여, 일본 오사카大阪로 건너가 〈무너진 사랑탑〉 등 10여 곡을 취입하여 가수 생활을 하였다. 일본에서 위문 공연도 가졌다. 1934년 〈청춘의 십자로〉로 영화에 컴백하였고, 이어 〈은하에 흐르는 열정〉에도 출연하였지만 인기가 예전만하지는 못했다.

1936년 나운규는 폐병에 시달리면서도 조선 최초의 유성영화 제작에 착수하게 되는데, 바로 〈아리랑 3편〉이었다. 하지만 이 작품은 이필우가 만든 〈춘향전〉에 밀려 최초의 유성영화라는 타이틀도 놓쳤고 흥행에도 실패했다. 당시 〈매일신보〉에서는,

"신일선의 재기는 예전에 발랄했던 신선미를 찾아볼 수 없음은 물론, 그 평면적인 연기도 그래도 재기를 꾀하는 것이 일종 연민의 느낌을 주었다."

고 혹평했다. 신일선은 〈아리랑 3편〉을 끝내고 가족의 생계를 위해 어쩔 수 없이 기생의 길로 접어들었다. 그러던 어느 날 반도예술단의 문수일이 찾아왔고 그의 부탁으로 평양에서 공연을 하고 있던 반도 예술단의 무대에서 〈여자의 일생〉이라는 연극을 하게 되었다. 평양 공연 이후 팬들의 반응이 좋아 전국 각지에서 순회공연을 하였지만 곧이어 태평양 전쟁이 발발하자 영화계는 암흑기를 맞이하였다. 그래서 1938년

노년의 신일선

5월 신일선은 조용히 은퇴하기로 결심하였다.

신일선은 1957년 김소동 감독이 '나운규 20주기'를 기념하기 위하여 만든 〈아리랑〉에 단역으로 출연한 뒤 완전히 은막에서 떠나고 말았다.

은퇴 후 한동안 신일선은 몇몇 친구들과 함께 절에 다니다가 1959년 3월 친구들의 도움으로 작은 음식점을 차리게 되었다. 그 후로도 청진동을 비롯한 여러 곳을 옮겨 다니며 음식점을 차렸지만 너무 과로한 탓에 수술까지 받게 되었다.

그녀는 1970년대 이후 경상북도 청송에서 은둔 생활을 하였다. 1982년 서울로 올라온 뒤 1990년 뇌졸중으로 작고하였다.[33]

팜므파탈의 인텔리 배우, 기생 복혜숙

복혜숙

복혜숙卜惠淑(1904~1982)은 1904년 4월 24일 충남 보령군 대천면 동대리, 일명 오사리라는 동네에서 태어났다. 목사인 아버지는 성서에 나오는 마리아라는 이름을 한자로 표기, 복마리卜馬利로 작명해주었다. 이화여자고등보통학교를 3년까지 마치고 일본 요코하마의 '고등여자기예학교'를 졸업하였으며, 〈토월회〉에서 10년간 신극운동을 하다가 영화배우로도 활동한 경력이 있는 재원이었다.

그녀는 기예보다는 연극, 영화, 무용에 더 관심을 갖고 동경에 있는 사와모리무용연구소에서 춤을 배웠으나, 완고한 아버지 손에 이끌려 귀국했다. 하지만 레이스 등을 만들어 받은 수공비로 연극 공연, 뮤지컬 공연을 빠짐없이 감상하며 예술가에 대한 꿈을 계속 키워나갔다.

자신의 뜻은 아니었지만 아버지가 세운 강원도 금성학교 교원으로 잠시 근무하게 되는데, 못내 연극에의 꿈을 버릴 수 없어 가출하기에 이른다. 그리고 서울로 올라와 당시 신파극을 공연하던 단성사를 찾아가 밥 짓는 일부터 시작하였다.

1920년 당시 단성사의 인기 변사였던 김덕경의 소개로 김도산을 알게 되어 신극좌에 입단한다. 복혜숙은 〈오! 천명天命〉에서 처음 무대에 서게 되었는데, 여배우가 귀한 시절이었던 당시, 복혜숙은 거의 같은 무렵 연기 생활을 시작한 이월화李月華와 더불어 한국 최초의 여배우로서의 길을 걷게 되었다. 그녀는 평소 복마리라는 이름에 대해 콤플렉스를 가지고 있었기에 이경해李敬海라고 작명하고는 곧바로 신극좌의 순회 공연길에 나섰다.

1922년 조선배우학교를 졸업하고 같은 해 극단 토월회의 단원이 된다. 토월회가 지방 공연 중에 곤경에 빠질 때마다 옷, 패물뿐만 아니라 자신의 몸을 인질로 잡히면서까지 일행을 구해준 일도 한두 번이 아니었다. 그때 〈부활〉의 카추샤 역을 맡았던 복혜숙은 당시에 뛰어난 배우였으며 '춘향'의 역할로도 잘 알려져 있었다. 그녀는 1924년 조선극우회 회원, 1925년 조선영화사 단원, 같은 해 라디오 방송극 〈새벽종〉에서 성우로도 활약하였다.

1926년 6월 단성사에서 개봉된 극영화 〈농중조籠中鳥〉에서 복혜숙은 주인공으로 영화계에 데뷔했다. 이것이 최초의 영화 출연이었다. 이규설이 감독이었던 이 작품에는 나운규가 출연했다. 그 뒤 1927년 10월 단성사에서 개봉한 이구영 감독의 〈낙화유수落花流水〉, 1928년 이규설 감독의 〈순정은 신과 같다〉, 같은 해 김영환 감독의 〈세 동무〉에서 주연을 했다. 그런 그녀가 토월회의 성격이 변질되면서 쇠퇴일로를 걷게 되자 인천권번의 기생이 되었다. 그 후 마침 인천에서 재개된 토월회의 공연에 분개하여 관객을 모두 매수해 공연을 실패하게 만든 일도 있었다. 그녀는 다른 권번의 기생들, 또는 영화배우 몇 명 등과 함께 경무국장에게 '서울에 댄스홀을 허락하라'는 장문의 탄원서를 내기도 하여, 개방적이고 활동적인 신여성의 면목을 보여주기도 하였다.

1930년 이후 그녀는 레코드 취입을 많이 했다. 〈목장의 노래〉, 〈님 그립다〉, 〈愛의 光〉 등이 이 시점에 취입한 레코드이다. 1933년 조선어방송이 본격화되면서 부정기적이긴 하지만 방송드라마에서 빼놓

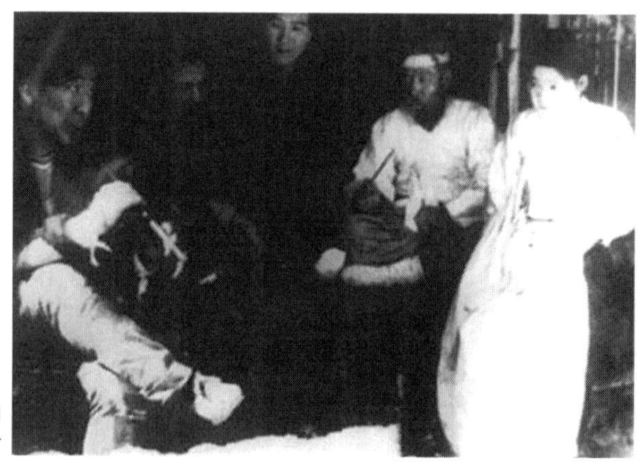

영화 〈세 동무〉에 출연한 복혜숙

을 수 없는 존재가 되었다. 1935년 11월 조선극장에서 개봉됐던 박기채 감독의 〈춘풍〉과 1936년 안종화 감독의 〈역습〉에서도 주인공으로 활약했다. 1936년 중앙무대 단원 등으로 활동하였고, 그 뒤에는 조선극우회·중앙무대로 옮겨 무대에 섰다. 만년에는 '배우극장'에 입단하여 연기 생활을 계속하였다. 그 이후로도 어린이가 주연인 〈수업료〉(1940), 〈반조半島의 봄〉(1941), 〈젊은 모습〉(1943), 〈감격의 일기〉(1945) 등 많은 작품에 출연을 하였다.

하지만 그녀에 대한 평가가 후한 것만은 아니었다. 얼굴 윤곽이 선명하지 않고, 눈이 가늘어서 광선을 잘 받을 만한 영화배우로서의 장점은 찾아볼 수 없으며, 그나마 '팜프' 역으로나 제격이라는 박한 평가도 찾아볼 수 있다. 이후에 그녀는 다시 서울의 중심인 종로에 있던 카페 '비너스'의 마담이 되었다고 한다.

그해 잡지 〈삼천리〉와의 대담에서 복혜숙은 기생이 된 이유와 자신의 삶을 이렇게 말하고 있다.

> "나는 서울서 이화학당 다닐 때는 입으로 괴테·바이런의 시를 외우면서 <부활>의 '네류토브 공작' 같은 순정적 남성을 그리었지요. 셰익스피어의 <로미오와 쥴리엣>에 나오는 그런 연애를 그리었지요. 사내란 상냥하고, 다정하고, 깨끗하고, 착한 어른이거니 하였었지요.
>
> 이 생각은 요코하마에 유학할 때나 동경유학생 시대까지 가지고 있었지요. 그때는 인생이 열분 분홍안개 속에 잠기어 '판도라'의 상자 모양으로 온갖 신비와 온갖 미지의 행복이 그 속 깊이 감추어 있

는 듯하였지요. 내가 걸어야 할 거리거리에는 장미꽃이 송이송이 피고 에그, 다 말해 무엇해요.

그러던 것이 사내들에게 속기 시작하여, '청춘'은 덧없이 시들고 세상일은 내 뜻대로 안되고 보니 '자유로운 새'나 된다고 여배우, 기생, 끽다점喫茶店 마담으로 구르고 굴러 오늘에 왔지요. 이마엔 주름살 잡히고, 이제는 '이성異性의 육체의 비밀'까지 다 알고 나앉으매 세상의 대부분은 다 알아진 듯해요.

좋아하는 이상형 남성은 클라크 케이블 같은 이로, 체격이나 성격은 그렇지만 남자치고 문학적 교양이 없는 이는 천하게 보여요. 예술적 향기가 도는 이가 좋아요. 그리고 사십까지만 제멋대로 살다가, 마흔 한 살 되는 해에 가정부인이 되려고 해요. 결혼생활은 꼭 하고 말겠어요."

화려한 이력을 지닌 복혜숙다운 표현이었다.

복혜숙은 1928년 인사동 입구에 비너스라는 다방을 개업했는데, 이 다방을 그 후 8년간 경영했으며 주로 영화인들의 집합소이기도 했다. 연극인, 문인, 신문기자들도 단골로 출입했다. 그러던 어느 날, 한국영화를 구박하고 모독한다는 사건이 있었다. 영화인들은 다섯 개 팀으로 나누어 각 신문사를 찾아가 활자판을 뒤엎는 등 행패를 부렸다. 이 영화인들은 문초를 받

복혜숙이 출연한 영화 〈농중조〉의 한 장면

고 유치장 신세를 지게 되었다. 이 영화인들의 음모 장소가 복혜숙의 다방 비너스였다는 것 때문에 복혜숙도 끌려갔었다. 영화계를 위해서라면 불문곡절 앞장섰던 여장부, 아니 개척자 정신을 행동으로 표현했던 복혜숙의 30년대 모습이기도 했다.

그녀가 다방을 경영하면서 얻은 제일 큰 소득은 1933년 경성의과대학 출신인 김성진과의 연애결혼이다. 김성진은 이미 처자가 있는 몸이라서 5년 동안 비밀스러운 신접살림을 했다.

박기채 감독의 〈춘풍〉(1935)에 출연함으로써 다시 꾸준한 연기 생활이 시작되었다. 안종화 감독의 〈역습〉(1936), 최인규 감독의 〈수업료〉(1940), 신경균 감독의 〈감격시대〉(1943) 등이 광복 전의 주요 출연 작품이다.

광복 이후 1947년 '극단 신협' 단원으로 활약하고, 방송국 성우로도 출연하기 시작한다. 1946년 최초의 어린이 연속극 〈똘똘이의 모험〉에서 할머니로 등장했다. 계속해서 드라마, 사회자 등 다양한 활약을 펼치곤 했다. 연극에도 특별출연해 원로배우의 위상을 지켜왔다.

노년의 복혜숙 사진

1955년 한국영화배우협회장, 1960년 방송문화협회 이사·서울특별시 문화위원, 1966년 서울소녀가극단 대표, 1973년 극회 아카데미 대표 등을 역임했다. 제1회 국제영화 공로상·문공부장관 공로상·이화여대 문화상 등을 받았다.

광복 후 최인규 감독의 〈자유만세〉(1946)에 출연한 것을 시작으로 1982년 세상을 떠날 때까지 20여 편의 영화에 출연하였다. 그녀는 연극·영화 등에서 온후하고 다정한 이미지의 연기를 보여주었을 뿐 아니라 만년에는 텔레비전 드라마에도 출연하였다.[34]

그녀의 마지막 영화 출연작품으로는 1973년 최하원 감독의 〈서울의 연인〉이며 TV드라마는 주인공 안인숙의 할머니 역으로 나왔던 동양방송 TBC TV의 〈사슴 아가씨〉였다. 그녀는 자서전 같은 회고담 끝부분에서,

"나는 스타가 아니야. 그저 내가 좋아서 영화계의 심부름을 했을 뿐이었어요. 스타라는 것은 모두가 만들어 잘 길러 주어야 해요. 스타가 되면 여러 가지 벌레들이 달라붙게 마련이거든. 이런 벌레들을 털어 주고 가꾸어 주어야 스타는 오래도록 꽃 피는 것이에요."

라고 매김말을 남겼다.

1982년 10월 5일 혜화동 딸의 집에서 복혜숙은 노환으로 조용히 눈을 감았다.

일제 강점기 여성들의 워너비 모델

기생에 대해 알아보는 데 있어서 가장 직접적이고도 파급력이 큰 신문광고라는 매체는 당시 기생이 어떠한 이미지로 대중에게 받아들여졌으며, 어떤 활동을 하였는가를 유추해 볼 수 있는 좋은 자료이다. 광고 자료를 통해 1920~30년대의 기생에 대한 인식과 기대되었던 역할을 주목해보고자 한다. 그 분야의 인물들이 가지고 있는 이미지를 가장 크게 극대화해 상업적으로 이용하는 것은 바로 광고였다.

연예인 빰치는 유명 기생의 광고 효과

광고는 광고주가 교환을 촉진시킬 목적으로 행하는 일방 또는 쌍방의 대화 수단이다. 광고는 상품을 대중에게 널리 알려서 그 상품을 구매하도록 설득하는 것을 목적으로 한다. 즉 잠재되어 있는 고객을 환기시켜 상품의 구매를 촉진하는 것이다.

우리나라 최초의 신문광고는 1886년 2월 22일 〈한성주보〉에 실린 독일 상사 세창양행의 '덕상 세창양행 고백'이라는 24행 광고로, 이처럼 최초의 광고 형태는 신문이라는 매체를 통한 인쇄광고였다. 초창기의 인쇄광고에는 사진이 없었고, 1920~30년대가 되서야 비로소 모델이 등장했다.

신문광고는 정보로서의 신뢰도가 높은 전통적 매체로 고정된 독자층이 있으며, 매일 발행되는 필수적인 매체이므로 주목성이 높아서 가장 많이 읽힌다. 다시 말해 가장 쉽고 효율적으로 적절한 광고 효과를 볼 수 있다는 것인데, 이러한 가장 대표적인 광고 매체를 조명할 때 광고모델의 역할은 매우 중요하게 생각된다.

광고모델의 이미지는 광고를 의뢰한 회사가 즉시 어떠한 메시지를 전달하고자 할 때 매우 중요한 요소가 된다. 이러한 중요한 역할

주로 남자들이 머리를 매만지기 위해 사용했던 포마드(기름) 광고에 기생이 등장했다.

을 담당한다는 것은 인지도 면에서 비교적 파급력이 크다는 것을 의미한다. 일제 강점기의 기생들은 그러한 면에서 조건을 만족시키는 사회적 계층이었던 것이다.

일제 강점기에 기생이 등장하는 신문광고는 거의 대부분이 미용제품에 관련된 것이었다. 일반적으로 샴푸, 비누, 화장품(분) 등의 광고에는 대부분 기생이 등장한다.

기생들의 삶의 이야기와 기생이 등장하는 샴푸 광고와 화장품 광고는 곧바로 대중의 화젯거리가 되었다. 일반 여성들에 비해 미용과 패션, 화장 등 미적인 면에서 월등히 시대를 앞서나가며 유행을 선도해 나갔다. 이들은 지금의 여자 연예인과 같은 존재로 인식되었다. 분명 조선의 일반 여인들은 이들의 이러한 면을 부러워했다. 또 따라하고 싶었을 것이고, 광고를 하는 회사들은 바로 이 점을 놓치지 않았다.

1920~30년대의 김태희 등장, 기생 장연홍

오늘날 유명 스타의 이미지를 제품 자체에 입혀 매출 증대를 노리는 광고 전략을 사용하듯이, 당시에도 광고하려는 제품 이미지와 일치하는 인기 모델을 찾으려고 하였다. '얼짱 기생' 장연홍은 최고의 광고모델로서 손색이 없

었다. 당대 최고의 화초기생답게 아름답고 복스런 웃음을 가진 그녀의 이미지는 깨끗하고 맑은 이미지를 강조해야 하는 비누나 신제품 화장수에 잘 들어맞았다. 서울권번의 기생 김화중선金花中仙의 비누 광고도 뛰어났다.

장연홍의 사진에 함께 써 있는,

'한 번 두 번에 살 거친 것, 벌어진 것, 주름살은 꿈같이 없어지고

화장품 '인단의 여천' 광고

백분이 누구의 살에도 잘 맞도록 화장이 눈이 부시게 해줍니다. 이렇게 여천으로 만들어낸 화장미는 당신을 훨씬 젊게 만듭니다.'

라는 광고 문구는 다소 허무맹랑하다. 이러한 직설적인 광고 문구로 마치 깨끗하고 선하며 순수한 이미지를 가진 그녀가 직접 귀에다 속삭이는 듯한 기분이 들게 함으로써 그 광고 효과를 톡톡히 누리고 있다.

사실 이 백분은 1916년에 처음으로 등장한 우리나라 향장품 산업화의 첫 호인 박가분朴家粉 이후, 1910년 한일합방 이후 향장품 제조업을 계속해 온 이들이 생산해온 것이었다. 그 품질이나 생산 수단이 오늘에 비해 형편없이 조잡했으며 원시적이었다.

따라서 이러한 과장된 문구는 당연히 그 품질에 비해 쉽게 받아들이기 어려운 것이었다. 그럼에도 불구하고 광고 효과를 빌어 심어진 환상이 판매로 연결되었다.

당대 최고의 인기와 미모를 증명하는 광고의 꽃, 화장품 광고에 등장하다

일제 강점기의 향장품은 백분과 크림류, 두 종목이 그 전부였다 해도 과언이 아니었다. 이러한 종목들의 모든 신문광고에는 어김없이 젊거나 다소 어린 당시 최고의 인기 기생이 등장하였다.

경성 기생 김월색과 최옥희, 강연화가 한꺼번에 등장하는 화장품 광고 또한 재미있다. 바르면 홀연히 미인이 된다는 마술 같은 광고 문구 옆에 나란히 놓인 세 명의 제품 사용 후의 체험 수기는 당시 이들의 아름다움을 선망하던 여성들을 혹하게 만들었을 것이다.

한 번 사용하고 곧 감탄을 하였다는 강연화의 얘기나, 분명 4, 5세는 젊어진다는 김월색의 평이 있다. 오래갈수록 아름다움을 더하게 되는 불가사의한 백분이라는 최옥희의 극찬도 이어진다. 요즈음의 여성잡지에서 종종 볼 수 있는 여자 연예인들을 내세운 다이어트, 몸매관리 프로그램의 수기처럼, 그 구성이나 내용, 의도하는 바가 매우 비슷하다.

발르면 忽然美人

使用者가 全部狂喜

한번使用하고곳感歎

分明코四五歲는젊어저

오래갈수록美를

더하는不思議한白粉

김월색, 최옥희, 강연화가 등장하는 화장품 광고

'미활비누'는 장연홍뿐만 아니라 김영희, 김화중선 같은 다른 인기 있는 기생들도 모델로 두었다. 또한 그 모델들의 사진 옆에는 '나의 애용하는, 미활비누'와 같이, 광고모델 기생이 직접 이용하고 있다는 뉘앙스를 풍기는 문구를 주로 적어놓았다. 이것은 분명 기생들의 순백의 피부가 당대 여성들에게 부러움을 샀었고, 그 아름다움이 모두에게 인정될 만큼 매우 빼어났음을 짐작하게 한다.

기생들의 빼어난 얼굴뿐 아니라 비단결 같은 머릿결도 광고의 소재로 빠짐없이 이용되었다. 노은홍을 모델로 등장시킨 '화왕샴푸' 광고는 그녀의 미발의 비결을 화왕샴푸라고 소개한다.

'일주일 화왕샴푸로 세발하면 기분을 명랑케 하고 발륜을 빛나게 합니다.'

라는 경쾌한 문구를 적어놓았다.

개화의 물결이 넘친 1920년 또는 30년대에 여인들이 사용한 향장품은 주로 동백기름, 백분, 연지 정도가 전부였다. 이 가운데서도 머릿기름으로 가장 많이

기생 장연홍의 '미활비누' 광고

기생 김영희의 '미활비누' 광고

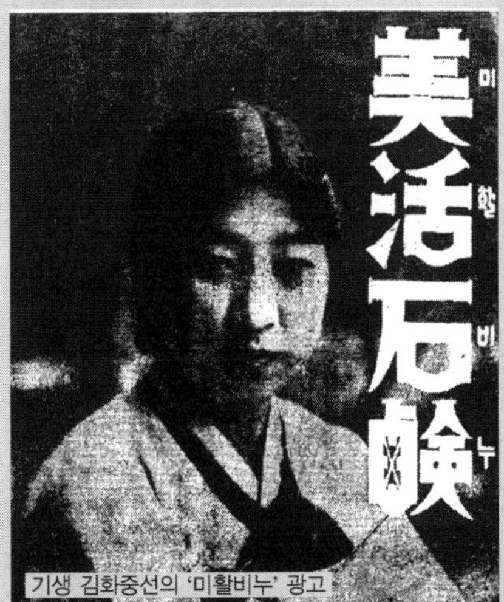

기생 김화중선의 '미활비누' 광고

썼던 동백기름은 여인들의 필수품으로 윤택 건조가 잘 안 되지만, 머리를 길게 땋거나 쪽을 찌는 데 필요했다. 후에 상표를 달고 샴푸로 개발되었다. 이러한 몇 안 되는 미용 관련 상품의 신문광고에는 당대 인기 있던 기생들이 빠지지 않고 등장하는데, 주로 얼굴을 강조하는 상반신 사진이나 클로즈업 사진을 사용하였다. 복장은 한복

기생을 모델로 한 화왕샴푸 광고

일본 화왕샴푸 광고를 한 평양 기생 노은홍
〈동아일보〉 1935년 8월 14일 광고

으로, 머리 모양은 찰랑찰랑한 머릿결을 강조하는 샴푸 광고에서도 쪽찌게 가르마를 탄 한 갈래 묶음머리를 벗어나지 않은 모양이었다.

기생의 활약은 단지 미용 분야에만 머무르지 않았다. 김월홍, 이금도와 같은 기생은 각각 치약이나 옷을 보관할 때 쓰는 좀약과 같이 생활과 밀접한 용품의 광고에도 등장하였다. 이것은 기생 개개인이 가진 이미지와 밀접한 연관이 있는 것이다.

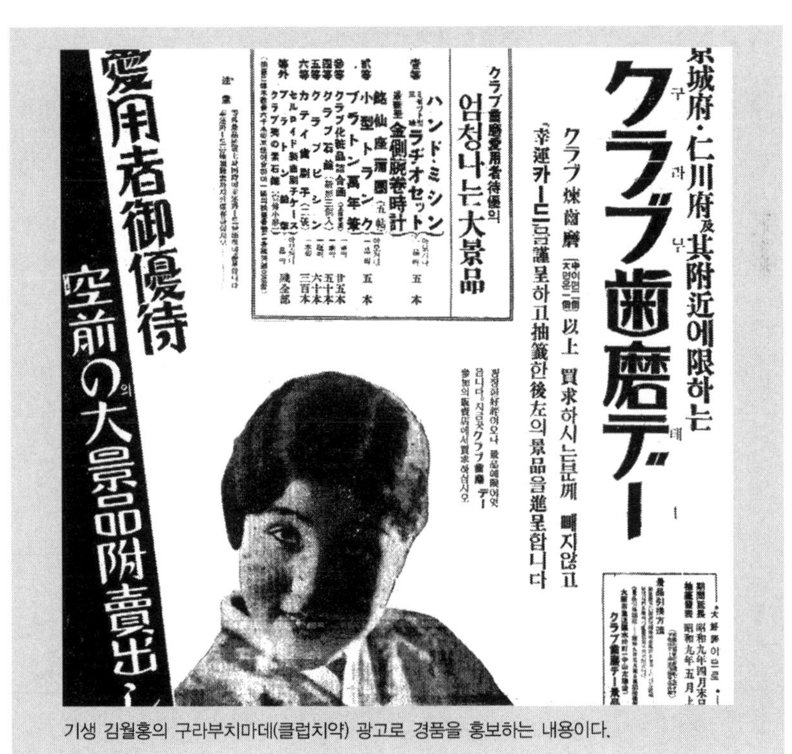

기생 김월홍의 구라부치마데(클럽치약) 광고로 경품을 홍보하는 내용이다.

좀약 '뇌장택' 신문광고로 '의복의 간수는 지금이 가장 조심할 때 입니다'라는 광고 카피와 함께 기생 이금도가 상품을 들고 있는 사진이 실려 있다.

기생을 모델로 한 화장품 광고

기생 윤옥선의 포즈 사진

王壽福 入社第一回
孤島의情恨
人生의봄
(19026)
日本포리도-루

‘타고난 방송 체질’, 대중가요 가수로 변신하다

일제 강점기 발매된 유성기 음반의 내용이 1920년대 이전에는 전통음악이 주가 되었다. 1930년대에 들어서 유행가, 서양음악, 동요, 만담, 연극 분야의 음반들이 중심을 이루었다.

“앞으로 하얀 야주개로 나가게 된다네. 저것 보게. 저 언덕박이 위에 높다랗게 지은 집이 ‘JODK’라는 경성방송국이라네. 저 방 속에서 기생이나 음악가가 가득인 방에 혼자 서서 노래를 부르는 것이 저 높다랗게 우뚝 솟은 두 개의 사닥다리 사이에 가로 걸린 철사로 올라가서 저기서 사면팔방으로 흩어져서 바람을 타고 날라 가서 시골은 물론이고 일본, 중국에까지 들린다네.”

기생 중심의 경성방송국

〈별건곤〉 잡지(1929년 9월 27일, 제23호)에 '2일 동안에 서울 구경 골고루 하는 법, 시골 친구 안내할 노정 순서'에서 방송국이라면 '기생이나 음악가'가 가득하다고 표현한다. 그만큼 '기생 소리'는 경성방송의 주된 중심이었다.

일본 기생과 조선 기생의 방송 출연에도 차별이 있었다. 바로 1927년 방송 출연료였다. 경성방송국에서 일본 기생은 1회에 5원이고, 반면에 조선 기생은 불과 그 반액인 2원 50전이었다.[35]

1930년대 경성방송국에는 고전적인 가사를 부르는 기생들이 많았다. 그중에서도 남도소리를 잘한 기생 김초향은 뛰어났다. JODK 방송국에서도 남도소리 방송이 더 많았다. 이것은 소리나 들을 줄 아는 일반 가객들이 서도소리보다는 남도소리를 즐겼던 것이다. 하지만 방송국에서 그녀들이 입었던 의복의 맵시는 옛 조선의 기생과 같은 고전미를 발견할 수는 없었다. 한복의 예스러운 멋뿐만이 아니었다. 1927년 7월 27일 〈조선일보〉 학예 기사란에는 "경성방송국은 너저분한 기생들의 소리라든지 18세기 소학교 수신교과서 같은 것은 그만두고, 좀 들을 만한 강연이나 소리를 방송하였으면" 하는 내용이 보도될 정도였다.

반면에 대중 유행가요의 경우는 달랐다. 연예인의 모습을 한 기생들이 등장하게 된다. 당시 커피 한 잔에 5전, 냉면 한 그릇에 15전, 하루 세 끼 먹는 한 달 하숙비가 12원 하던 그 시절에 방송 출연료는 5원이었다. 방송국에서 세단차를 보내 모셔 가다시피 할 만큼 귀빈

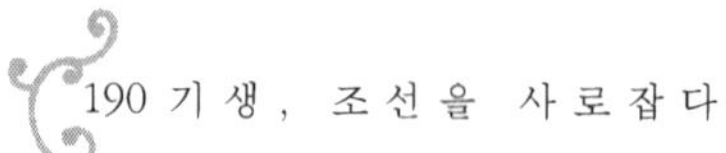

대접을 했다.

요즈음 말로 '대중가요'라고 불리는 유행가라는 것이 언제부터 작곡되고 불려졌는지 연대적으로는 분명하게 말할 수 없다. 그러나 현대음악이 도입된 것은 1900년 12월에 고종의 칙령으로 현대식 군악대 설치가 공포된 때라고 할 수 있다. 그리고 1910년에 처음으로 당시 소학교에서 창가 교과서가 나온 것에 미루어 보아 유행가가 생겨난 것은 1915년을 전후한 것으로 짐작이 간다.

여가수의 선구자는 물론 기생들이었다. 하지만 이때에는 연극배우·가수 등은 모두 광대 취급을 받고 있었다. 상월회에서 처음 여자 배우와 막간 가수를 모집하려 했다. 그러나 지원자가 없어서 모집 담당자가 기생이나 창기 가운데서 스카우트하려고 당시 기생촌과 창기가 많이 살던 신마찌, 즉 지금의 묵정동을 헤맨 적이 있었다. 이때,

"노래 부르러 나오시오."

하는 스카우트 담당자의 청을 받은 한 창기는 분격한 목소리로,

"비록 박복한 팔자로 이 짓을 하고 있다마는 차마 광대에까지 끼겠느냐."

고 거절했다는 일화가 있을 정도로 가수에 대한 사회적 인식은 낮았다.[36]

기생 왕수복의 포리돌 레코드 신문광고
〈동아일보〉 1933년 10월 2일

조선 유행가를 최초로 일본 전역에 중계방송으로 알리다

유일한 방송이었던 라디오 경성방송국은 1934년 1월 8일부터 정기적으로 JODK의 호출부호를 사용하여 일본에 한국어 제2방송을 중계하게 되었다. 이 중계방송에는 아악연주를 비롯하여 한국의 지리, 민속을 소개하는 강연과 실황방송, 민요 및 유행가요, 어린이들의 창가 등이 방송되었다.

특히 1934년 1월 8일에는 이왕직 아악부李王職雅樂部의 아악연주와 경성방송국 오케스트라의 반주로 평양 기성권번의 기생 출신 왕수

年頭、朝鮮樂의飛躍

雅樂을全日本에中繼

京城放送局의試驗、曲目은

名曲靑春不老之曲

라디오 경성방송국의 해외 방송을 시험한다는 기사 내용에 이왕직 아악부의 〈청춘불로지곡〉과 왕수복의 유행가 방송을 소개하고 있다. 〈조선일보〉 1934년 1월 7일 조간

복의 노래가 일본에 처음으로 중계방송되었다.

그때 부른 유행가는 〈눈의 사막〉·〈고도의 정한〉·〈아리랑 조선민요〉 등이었다. 이후 창·민요·동화 및 한국의 역사와 풍속 등이 일본에 중계방송되었다.

〈조선일보〉에는 이렇게 기생 왕수복을 소개했다.

> "옥방울 굴러가는 구슬 소리 같이 맑고도 아름다운 조선 아가씨의 귀여운 노래가락이 훨쩍 개인 정월 하늘에 전파를 타고 해외를 달리는 귀여운 소식 – 조선 가수의 은근히 감춘 맑은 '청'을 역시 널리 소개하고자 우선 그 첫걸음으로 오는 8일 오후 7시 반부터 8시까지 연예방송 시간에 유행가사로 이름 있는 왕수복 양의 조선 유행가를 방송하리라 한다."

열여덟 나이에 너무나 큰 영광이었다. 시험적으로 일본 전역에 첫 방송된 조선의 유행가는 히트곡 위주로 전파를 탔다. 더구나 〈아리랑 조선민요〉를 불러 해외에 첫 방송으로 소개한 것이다.

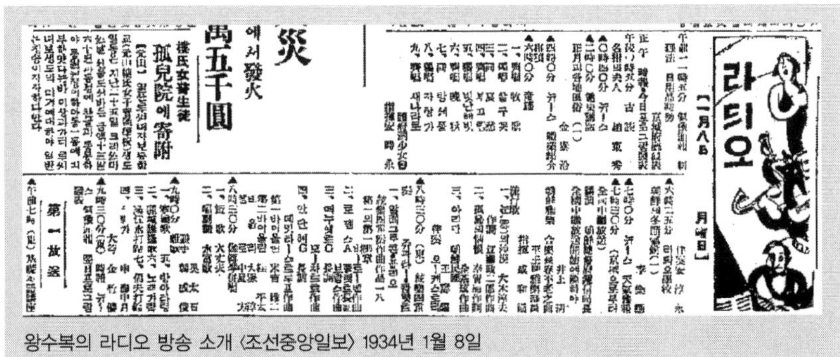
라듸오

【一月八日 月曜日】

萬五千圓

孤兒院에寄附

第一放送

왕수복의 라디오 방송 소개 〈조선중앙일보〉 1934년 1월 8일

그리고 1935년 3월 28일 JODK 라디오에 평양의 기성권번 기생 선우일선이 출연하여 일본 전역에 중계방송되기도 하였다. 당시 〈경성일보〉 예고 기사에는,

> '선우일선 양은 평안 사람, 신민요 가수로서 전선全鮮에 압도적 인기를 한 몸에 지닌 방년 17세의 미인, 일본 포리도루 전속'

이라고 소개했으며, 이날 방송에서 〈꽃을 잡고〉·〈무정세월〉·〈숲 사이 물방아〉·〈원포귀범〉·〈그리운 아리랑〉·〈남포의 추억〉의 6곡을 불렀다. 그녀는 포리돌에서 많은 신민요를 히트시켜 포리돌을 '민요의 왕국'이라 부르게 만든 공로자였으며, 1939년에 태평레코드로 옮겼다.

한편, 기생 왕수복은 레코드 회사에서 기생 출신이라는 점을 일부러 부각시켜 홍보의 수단으로 삼았다. 당시 유행가 가수는 대중의 인기를 먹고 사는데, 예전이나 지금이나 별반 차이가 없었다. 하지만 유독 기생 출신 가수에 대한 선입견으로 대중음악이 아닌 다른 외적인 모습을 기대하게 하기도 했다.

1940년대가 되자, 일제는 '태평양 전쟁'을 일으키고 조선총독부는 '성전완수'로 총동원령을 내리게 된다. 당시 유행가 가수들에게 '내선일체內鮮一體'를 고취하는 노래들과 침략적 성격의 군가들만 일본어로 부를 것을 강요한다. 조선 민요도 일본어로 부르라고 예외없이 압박하게 된다. 이렇게 되자, 왕수복은 짓밟힌 민족의 넋조차 마음대로 노래할 수 없고, 재능도 참담게 꽃 피울 수 없는 현실을 저주하

쏫을 잡고

鮮于一扇

A 하늘하늘 봄바람에
쏫이피면
다시못니즐 지난그옛날

B 지난세월 꿈이라
닛자건만
니즐길업는 설음이내맘

C 쏫을따며 놀든것이
어제련만
그님은가고 나만외로이

※ 생각사록 맘이설어
아니우랴
한숨수섭서 쏫만따노라

기생 선우일선의 〈꽃을 잡고〉 가사와 사진

며 1942년에 끝내 예술계와 결별하고 말았다. 나라 없는 설움 속에서 제 노래도 자기 말로 부를 수 없던 그때를 왕수복은 이렇게 회상하였다.

"그때 저는 밤잠을 이룰 수가 없었어요. 나를 그처럼 믿고 사랑하는 조선 청중 앞에서 일본말로 조선 민요를 부른다는 것은 변절, 배신과도 같이 느껴졌어요. 그때 내 나이 25세, 한창 노래를 불러야 할 때였고, 또 청중의 사랑을 받을 때였지요. 그런데 가요 무대를 버린다는 것은 나에게 있어서 진짜 비극이었어요. 얼마나 울었는지 아침이면 퉁퉁 부은 눈으로 회사에 나가곤 했어요. 나는 지금도 그때를 생각하면 눈시울이 뜨거워 나곤 합니다. 그러니 20여 년을 잃어버린 것으로 되었어요. 1년 동안 생각해 봐도 도저히 일본말로 내 나라 민요를 부를 수는 없었어요."[37]

가요계는 제2차 대전이 한창이던 1942년에 조선군 보도부의 강요로 전쟁 협력에 나서게 되어 치욕의 시대를 맞았다. 연예인들은 징용 나간 사람, 학병들을 위한 위문공연에 동원되고, 이른바 총력전 수행을 위한 전쟁 분위기 고취를 위해 일본 군가를 불러야 했다.

먼저 끌려간 사람들이 곧 톱클래스의 인기 가수들이었다. 남인수 등은 경성방송국에 출근하다시피 매일 나가야 했던 것이다. 이 무렵 많이 부르게 한 군가에는 지원병 나가는 것을 권장한 〈아들의 혈서〉, 〈우리는 제국 군인이다〉라는 노래 등이 있었다. 1943년에는 국책영화라는 〈기미 또 보꾸〉(너와 나)가 나왔는데, 남인수는 이 영화의 주제곡 〈너와 나〉를 취입했다. 이와 때를 같이 해서 초창기 가요 보급에 큰 공을 세웠던 '콜롬비아', '빅타' 등 미국계 회사를 '적성국가계'를 몰아 이 두 회사는 철수했다.[38]

조선 근대음악사를 새로 쓴 대중가수 기생

어느 시대에나 유행하는 노래는 존재한다. 1930년대에 들어와서는 창작가요가 등장하고, 민요를 서양식 음보에 맞추어 대중화에 성공하는 신민요도 탄생한다.

일제 강점기, 곧 20세기 전반기는 한국 음악사에서 매우 중요한 위치에 놓여 있다. 일제 강점기가 우리 역사의 근대화 과정에 놓인 시기라는 일반사적 관점에서도 그렇지만, 특히 근대 음악사의 발전 과정에서는 그 시대가 새로운 음악문화를 등장시킨 하나의 전환기적 시기였다는 사실 때문이다. 오늘의 현대 음악 상황의 뿌리와 직접적으로 관련되어 있다고 볼 수 있다.

일제 강점기를 전환기적 시기로 보아야 하는 까닭은, 급격한 사회변동에 따라 생성된 새 음악문화의 등장이 그 시대를 앞 시대와 구분 짓도록 만든 전환기적 사건의 하나이기 때문이다. 그 새 음악문화의 이면에는 현 대중가요의 뿌리에 해당하는 신민요, 유행가, 신가요, 유행소곡 등과 같은 새로운 갈래의 노래들이 작사자와 작곡가들에 의해서 창작됐다는 사실이 존재한다. 새 노래문화의 창작자들이 출현했다는 사실은 음악사적 관점에서 보면 일제 강점기 이전에

는 없었던 명백한 증거물이라는 점에서 커다란 의미를 지닌다.[39]

당시까지만 해도 음악 창작과 보급의 유일한 통로였던 레코드 회사들에 전속된 작곡가들은 회사 측의 강요에 따라 유행가풍의 대중가요 창작에 몰두하다보니 신민요와 같은 민요풍의 가요 창작에는 눈을 돌리지 못하고 있었다. 일부 신민요곡들이 나오긴 하였으나 그 창작이 활발하게 진행되지 못하고 있었다.

다른 한편, 민요풍의 가요들을 짓는다고 하여도 그것을 훌륭하게 형상할 수 있도록 민족적인 발성과 창법을 깊이 체득한 가수들이 무척 적었다. 가곡, 가사 등 전통적인 민족 가요 가창에 능하였던 가수들의 경우 신민요를 유행가의 일종으로 보면서 그 가창에 나서지 않고 있었던 것도 작곡가들이 신민요 창작에 선뜻 나서지 못하게 된 까닭이라고 볼 수 있다.[40]

한국 근대음악사의 발전 양상은 구한말의 개방화 정책과 함께 급변하는 사회 변동에 따른 여러 양상들에 의해서 드러난다. 그 급변 양상의 대표적인 실례를 꼽자면, 현대식 극장의 등장, 유성기 음반의 발매, 방송국이라는 대중매체의 설립 등과 같은 음악 외적인 요소들을 들 수 있다. 그리고 찬송가와 창가 보급에 따른 서양음악의 오선보와 작곡가에 의한 창작품의 출현, 판소리의 창극화와 산조의 유파 형성 등이 사회적 급변 양상의 사례들이자, 음악의 근대화 양상과 관련된 대표적인 실례들이다.

이러한 흐름 속에서 1930년대 본격적으로 작곡가에 의해서 새로 등장한 '신민요新民謠'라는 성악의 갈래가 일제 강점기 전통 민요와 유행가의 중간 다리 역할을 맡았던 전환기적 시대의 산물로 볼 수 있다.

당시 레코드 가수 중에서 거의 대부분은 평양이 차지하고 있었다. 대표적으로 왕수복을 비롯하여 선우일선, 최연연, 김연월, 한정옥, 김복희, 최명주 등을 꼽을 수 있다. 이들의 전부가 기성권번의 기생이었다. 레코드계를 평양 기생들이 리드한 것은 사실일 것이다. 두말할 것도 없이 이들이 상당한 인기를 끌고 있고 또 그렇기 때문에 점점 그들의 수도 늘어갔다. 이를 시작한 이가 바로 왕수복이었다.

레코드 가요를 가장 많이 수요한 층은 기생이었다. 그녀들이 술자리에서 노래를 많이 불러줄수록 유행가가 되는 데 많은 도움이 되었으므로, 레코드 회사는 기생들을 주요 구매층으로 매우 중요시 여겼다.

레코드 회사는 전국에 대리점을 두어 신곡이 나오면 우선 테스트만을 보낸 뒤 지구별로 대리점의 주인들을 초빙, 레코드를 틀어서 감상회를 가진 다음, 즉석에서 '나는 얼마쯤 팔 수 있다'는 주문을 받는 것이 보통이었다. 이 사람들을 레코드 회사의 '세일즈맨'이라고 했는데 레코드 회사의 운명은 바로 이 세일즈맨의 수완에 달린 것이었다.[41]

왕수복은 일제 강점기 권번 출신의 인기 가수로 신민요뿐만 아니라, 그 당시의 유행가나 신가요와 같은 새 노래들을 부르게 된다. 1930년대 후반 비권번 출신의 신진 남녀 가수의 등장 이전까지 작사자와 작곡가에 의해서 창작된 유행가와 신가요의 가수로 활약함으로써, 일제 강점기 가요사의 전환기적 임무를 수행했다고 보아도 무방할 듯싶다. 왜냐하면 이들의 뒤를 이어 등장한 비권번 출신의 신

진 남녀 가수들이 주로 유행가와 유행소곡 또는 신가요의 가수로 데뷔했기 때문이다.[42]

당시 가요계는 차츰 레코드에서 무대로 옮겨가는 경향이 있어 연극 등 공연에서의 가수 출연이 늘어났다. 이에 따라 가수들의 주머니 사정이 좋아지기 시작하였다.[43]

당시 평양에는 '명가수'니 '조선 제일의 소프라노'니 하고 축음기 회사의 비행기를 태우는 듯한 선전이 주효하여 기생 가수가 속출하고 그 인기가 상당하였다. 여기에 재미가 들린 각 축음기 회사는 명가수를 쟁탈하느라고 암투를 계속하고 있었다.

그리하여 우선 포리돌 회사는 왕수복과 김춘홍金春紅을 맺는데 성공하여 1933년 8월 24일 비행기로 동경에 갔다. 당시 말로만 '비행기를 태운다'라고 하는 게 부족하여 정말 비행기를 태우는 모양이라고 신문에서 풍자되었다.[44]

1935년 1년 동안 일제 강점기의 조선에서 팔리는 레코드는 120만장 정도였다. 이중에 '조선 소리판'이 1/3쯤 되어, 매년 4~50만장의 구매자를 가지고 있었다. 그 노래를 듣고 즐기는 수백 만 명의 사람들을 가지고 있는 레코드계를 움직이는 이들이 바로 '거리의 꾀꼬리'인 가수들이었다.[45]

초기 대중 가수들의 인기 측정은 물론 박수의 많고 적음이었다. 기생 전성시대인 1930년대 초에는 기생들의 인력거가 가수들의 인기를 측정하고 있었다. 이 무렵 큰 도시에 가서 공연을 할 때면 극장 뒷문에는 으레 몇 대의 인력거가 대기하는 것이었다. 이 인력거는 기생들이 인기 가수를 초대, 자기를 돋보이게 하기 위해 보내는 것이었다. 공연이 끝난 뒤 '저에게 놀러 오십시오' 하여 초청하는 것이니 인력거에 올라타기만 하면 인력거를 보낸 기생을 상대로 하나에서 열까지 무료로 융숭한 대접을 받는 것이었다고 한다.

문학을 사랑한 기생, 문인과 사랑에 빠지다
—기생 왕수복과 작가 이효석의 사랑 이야기—

기생 왕수복(좌)과 작가 이효석(우)

평양 기성권번 기생 출신 왕수복과 『메밀꽃 필 무렵』 작가 이효석 李孝石(1907~1942)과의 사랑 이야기는 평양 대동공전 학생들에게도 다 알려지게 소문이 나 있었다. 몇몇 학생들이 왕수복의 집으로 찾아왔다.[46]

왕수복은 학생들을 방으로 들게 한 후 말을 시작했다.

"그래, 무슨 일이 있어 학생들이 여기까지 찾아왔습니까?"

학생들은 망설이다가 말했다.

"우리 교수님을 사랑하지 마세요."

"왜요, 사랑하면 안 되나요?"

"선생님은 폐가 좀 약하고 해서 사랑하면 안 됩니다."

"학생들 참 좋으시다, 교수님의 건강까지 근심하시니. 하지만 교수님은 여자가 사랑해야 더 건강해지세요. 학생들 무슨 차를 드릴까요, 커피 어때요?"

"예."

학생들은 처음 맛보는 커피를 마시고 나오면서 이구동성으로 죽어도 저런 여자를 사랑해 봤으면 했다고 한다.[47]

하지만 1942년 5월, 이효석은 결핵성 뇌막염으로 입원하게 되었다. 그때 왕수복은 그의 병실을 붉은 카네이션, 흰 글라디올러스 같은 화려한 서양 화초로 화려하게 장식했다고 한다.

1942년 5월 25일 오후 7시 30분, 이효석의 부친과 연인 왕수복이 지켜보는 가운데 그는 영원히 눈을 감고 말았다. 그의 나이 36세였다.

왕수복은 이효석에게서 아픔 밖에는 받지 못한 사람이었다. 이효석을 사랑했던 만큼 더 지독하게 아프고, 그를 사랑했던 만큼 더 칠흑 같이 어두웠던 몸과 마음을 어찌 표현해야 할지 모를 정도였다.

태양이 그대를 버리지 않는 한 나는 그대를 버리지 않겠노라.

파도가 그대를 위해서 춤추기를 거절하고, 나뭇잎이 그대를 위해서 속살거리기를 거절하지 않는 동안,

내 노래도 그대를 위해서 춤추고 속살거리기를 거절하지 않겠노라.

휘트먼의 시를 왕수복에게 들려주던 이효석은 고독하고 지적인 신사의 모습으로 가득했다. 두 사람이 처음으로 마음에 서로를 담게 된 곳이 바로 평양의 방가로放街路 다방이었다. 천하디 천한 기생 출신 유행가수의 가슴에 담기에 솔직히 이효석은 너무 멀리 있는 존재였다. 하지만 서로를 가슴에 담아서는 안 된다고 생각하면 할수록 주위의 우정 어린 충고가 더 싫은 소리가 되었다. 다방 한 켠에서 서양 고전음악에 젖어 있는 이효석의 모습을 외면하려 하면 할수록 그의 야윈 듯한 모습이 더 아프게 왕수복의 가슴속으로 헤집고 들어왔다.

마침내 왕수복은 용기를 내어 이효석에게 전화를 하기에 이른다. 원래부터 책 읽기에 욕심이 많았던 덕분에 서로의 대화에서 지적 수준에 걸맞지 않은 말이 나올까 우려한 것은 기우에 그쳤다.

이효석의 소설 속에 등장하는 유례, 관야, 미란, 세란, 단주, 현마, 나아자, 운파, 애라는 말할 것도 없으려니와, 베아트리체니 헬렌이니 햄릿이니 그레첸이니 알리사에 이르기까지, 왕수복은 평소 독서량으로 기회를 놓치지 않았다.

사실 오목조목 예쁘장하거나 몸매가 가늘 가늘한 미인형은 아니었지만, 이효석은 늘 '달덩이 같은 환한 얼굴에 포도알처럼 맑은 눈'이라 고백한다.

결국 평소부터 소설가 남편을 만나 소설처럼 낭만적인 살림살이를 꾸려보는 것이 소원이었던 왕수복은 꿈처럼 잠시지만 이효석을 그녀의 남사로 잡아두었다. 그녀가 거실에 있는 피아노에 앉아 연주를 하면 그 소리에 따라 어김없이 이효석이 등뒤에서 함께 연주해주는 것을 가장 좋아했다.

> 나는 그대에게 한 가지 약속을 하노라. — 그대가 나를 만났기에 적당한 준비를 하기를 나는 요구하노라.
>
> 내가 올 때까지 성한 사람이 되어 있기를 요구하노라.
>
> 그때까지 그대가 나를 잊지 않도록 나는 뜻 깊은 눈초리로 그대에게 인사하노라.

하지만 이효석은 왕수복에게 읊어주었던 이 시의 약속을 지키지 못했다. 왕수복도 이효석의 세 아이를 살뜰히 보살피고 알뜰한 새댁처럼 살림을 살겠다던 약속을 지키지 못한 것이다.

1935년 평양 숭실전문학교로 자리를 옮기면서 이효석의 문학은 6년간 활짝 꽃피게 되고, 이듬해 대표작 『메밀꽃 필 무렵』이 탄생한다.

이효석은 시간을 귀히 여기고, 규칙적인 생각을 좋아하는 서양품의 신사와 같았다고 한다. 언제나 고독과 사색을 즐기는 그는 늘 혼자 다니기를 좋아했다. 그를 만나기 쉬운 곳은 다방이었다. 서양 고전음악의 판이 늘 돌아가고 있는 세르팡 다방이었다. 당시 이효석은 1940년대를 전후한 당시의 세계 정세나 일제 말기의 어두운 현실에 구애받지 않고, 이국적인 취미 생활을 누리며 지극히 안정된 생활을 향유했던 셈이었다.

1938년 숭실전문학교가 폐교되자, 이듬해 대동공전의 교수로 다시 취임하였다. 1940년에 아내와 사별하고, 이윽고 막내 아들을 잃는 등 모진 시련을 겪으며 한동안 방황하기도 했다.

이때 왕수복의 언니가 운영하던 방가로 다방에서 인연을 맺게 된다. 그러나 건강도 안 좋았고, 창작의 기력도 쇠퇴해가고 있었다.

왕수복은 1939년 〈삼천리〉[48] 인터뷰에서, 당대 뛰어난 문학작품을 섭렵할 정도로 교양인다운 모습을 보여줘 인터뷰하던 기자는 적지 않게 놀란다. 사실 이전에 1935년 〈삼천리〉[49] 인터뷰에서 문인의 아내가 되는 것이 꿈이었다고 한다.

"성격이나 직업만 보구야 어떻게 정하겠어요. 제 마음에 맞으면 그만이지요. 글쎄요. 말로는 차마 못해서 글로 통정하는 이도 좋고요. 월급쟁이도 좋고요. 둔중한 이보다 신경질한 분이 좋아요. 문사文士가 좋아요. 상대 남성의 나이는 6, 7年 이상이 좋아요. 시를 쓰고 소설을 쓰는 문사文士를 좋아하기에 월급 100원 정도라도 좋지요."

왕수복은 1940년 10월[50], 일본 유학 후 잠시 귀국해서 언니가 운영하던 평양의 방가로 다방을 놀러 다녔다. '방가로'는 인도의 '방갈로'에서 나온 말로, 독특한 휴향지 건물 양식이다. 이 다방은 왕수복이 운영한 것이 아니라, 언니가 운영하는 곳이다. 왕수복에게는 일본 유학 중 고향에서 휴가를 보내기 위해 방문하는 곳일 뿐이었다.

왕수복은 여기서 평소 꿈꾸었던 소설가 남편을 만나게 된다.

그런 남편과 낭만적인 살림을 꾸려보기를 바라지만, 현실에서는 남편이 아닌 연인으로 만족해야만 했다.

이효석은 평양 기생 왕수복과 자신의 자전적 이야기를 〈삼천리〉 1942년 1월호에 실린 '일요일'에서 소개하기도 하였다.

"…… 연애의 일건을 적은 소설이었다. 두 사람의 연애에 대해 세상이 얼마나 무지하고 부질없는 번설을 일삼았던가, 그런 상식과 악의에 대한 항의, 사랑의 자유 의지의 옹호—그것이 이야기의 테마였다. 어지러운 소문과 비방에도 불구하고 두 사람의 뜻은 더욱 굳어가서 드디어 결혼을 결의하게 되었다는 것. 여주인공이 잠시 여행을 떠나게 되었을 때 마치 육체의 일부분을 베어나 내는 듯 남주인공의 마음은 피가 돋아날 지경으로 아팠다는 것을 장식 없이 순박하게 기록한 한 편이었다. 세상에 사랑을 표현하는 말은 천 마디 만 마디 되고 그는 기왕에 사랑의 소설을 많이도 써 왔지만 그 한 편같이 진실한 것은 드물었다고 스스로 생각했다. 그런 문학적인 자신이 그날의 만족을 한 겹 더해준 것도 사실이었다……."

주변의 아끼는 사람들이 작가와 기생은 아무래도 어울리지 않는다는 우정에 찬 경고를 하였지만, 오히려 그것이 둘의 정열을 더욱 북돋아 주었던 것이다.

자필 사인이 들어간 왕수복의 제품 광고 사진

제2부 전문 연예인演藝人의 기예를 닦다

공연예술가로서의 기생과 레뷰 댄스

한국 전통무의 전승자, 기생

기생의 손끝에서 피어나는 전통악기의 선율

연예 매니지먼트사, 권번

조선왕조와 함께 스러져간 '관기'

평양 기생학교의 예비 기생들

공연예술가로서의 기생과 레뷰 댄스

기생의 춤은 지금도 여전히 공연 예술보다는 뭇 남성을 유혹하는 동작으로 오해받는다. 기생의 춤이기 때문에 그럴 수 있다.

기생의 춤사위는 궁중 무용과 민속 무용으로 구분된다. 하지만 그것보다는 오히려 춤사위가 일정하게 고정되어 있는 것과 기본동작은 있으나 즉흥적으로 상황에 맞게 추는 것으로 나뉜다.

일제 강점기 우리나라의 전통 공연 예술의 춤사위 계승자는 권번 기생밖에 없었다고 해도 과언이 아니다. 궁중의 관기들이 민간으로 나오면서 요릿집 무대에서 궁중 무용 공연을 하게 된다. 그러면서 다이쇼 시대(1912~1925년)에 재즈jazz와 서양 댄스가 수입된다. 이때 유학생들은 고풍스러운 기생의 요릿집이 아니라 댄스홀, 카페, 다방으로 몰려간다. 이 때문에 기생들의 춤도 변한다. 손님들을 놓치지 않기 위해 공연 춤사위도 변할 수밖에 없었던 것이다.

본래 우리나라 권번 기생 춤의 기본동작, 즉 춤사위는 승무와 검무 두 가지였다.

양악대와 서양 춤에 적응하는 권번 기생

권번에서는 기생의 춤 기본을 어린 기생들에게 가르쳐 주었다. 처음에 발 떼는 법, 허리 쓰는 법, 몸 놀리는 법에만 약 20일이 걸렸다. 그만큼 우리 전통 춤을 배우는 데 많은 힘이 들었다. 1930년대에는 권번 기생 손님들 사이에 고전적인 취향이 엷어져 가는 경향이 생기기 시작했다. 그것을 반영해서 권번에서도 승무와 검무는 명목만으로 가르치게 된다. 여러 새로운 춤도 있었지만, 그보다 더 즐거운 것은 레뷰 춤과 사교댄스였다.

레뷰 춤은 어떤 행사가 있을 때 나오는 것이고, 사교댄스는 일 년에 몇 번 일본에서 교사를 초빙해 기생들끼리 서로 껴안게 하고 맹연습을 시키는 과외 과목이었다. 당시 권번의 기생학교 졸업을 위해서는 교과과정에서 춤을 추지 못하면 안 된다는 고시가 있을 정도였다.

반면에 원래 양악대는 궁정에서 큰 행사가 있을 때 쓰기 위해 둔 것이 처음이었다. 몇 해 세월이 흐르게 됨에 따라, 이 궁정 양악대 출신들이 시중에 흘러나왔다. 우미관 양악대와 단성사 양악대를 꾸며 태화관에 등장하기도 했다. 물론 후에는 평양 기생학교의 학생들도 양악대 공연에 참여했다. 손님들은 양악대의 경쾌한 음악에 맞추어 기생들과 함께 춤을 추었다. 이때 처음 유행한 춤은 지금 같은 사교춤이 아니라, 러시아 사람들이 가져왔다는 앉은뱅이 춤이라 불렀다. 몸을 반쯤 낮추고 손에 든 탬버린을 치면서 대청을 도는 정도였다.[51]

하지만 기생은 시대의 변화 요구에 가장 민감한 계층이었다. 공연예술은 서양 악기를 연주하는 기생의 사진엽서까지 있을 정도로 바뀐다. 바이올린과 아코디언을 연주하고, 피아노를 치는 기생들의 사진은 국악단과 양악단 합주로 보여진다.

1932년 평양에 있는 기성권번의 재학생과 졸업생 일동이 그들의 기생학교에서 그동안 수업한 온갖 기술을 선전할 목적으로, 40여 명의 미인 기생들이 경성으로 온다. 경성 시내에 있는 한성, 조선, 한남 각 권번의 후원 하에서 시내 단성사에서 특별공연을 하였다. 그 공연에서 주로 가극, 무용 레뷰, 합창 가곡 등 여러 가지 공연 레퍼토리를 준비하였다.[52]

바로 평양 기생들의 공연 레퍼토리에 '레뷰 춤'이 등장하게 된다. 이처럼 1930년대에 악극이 등장하면서 재즈나 탭댄스가 추어져 기생들이 레뷰 춤을 추기 시작하면서 레뷰 춤은 대중화되었다.

일제 강점기 1930년대 후반 평양 기생학교의 국악단과 양악단이 연주하는 사진으로, 바이올린과 아코디언, 피아노를 연주하는 기생이 보인다.

경성에 레뷰 극장이 생기다

'레뷰 춤Revue Dance'이란 용어는 현재 별로 쓰이고 있지 않다. 그러나 레뷰 춤, 혹은 레뷰, 레뷰 걸이라는 용어가 일제 강점기 중후반에 공공연히 사용되었다. 레뷰 춤이란 레뷰Revue에서 추는 춤을 말한다. 레뷰는 '드라마, 희극, 오페라, 발레, 재즈 등의 여러 가지 요소를 취하고, 음악과 춤을 뒤섞어 호화찬란한 연출을 하는 무대예술'을 말한다.

본래 레뷰 춤은 18~19세기 말엽 파리에서 해마다 12월에 일 년 동안 일어난 일을 빨리 장면을 바꾸어 가면서 풍자적으로 연출하는 것이었다. 레뷰 춤은 프랑스, 영국의 카바레나 소극장에서 유행하여 온 세계에 퍼져 발달되었다. 레뷰 춤은 전문적인 발레나 모던 댄스가 아니고 쇼에서 추는 흥미 위주의 춤이었다. 무거운 주제나 소재를 다루기보다는 관객의 관심을 끌만한 가벼운 테마를 화려하고 재미있게 다룬 춤을 말한다.[53]

일제 강점기 요시모도吉本흥업은 일본 관서지방의 흥행 업계를 좌우하는 가장 근대적인 흥행 문화 회사였다. 당시 1940년 3월 말에 당시 경성의 인기 영화관 '황금좌黃金座'의 경영권을 인수하고 경성 진출을 발표하였다. 그런데 이 회사의 진출은 당시 조선 흥행 기업의 가극, 즉 레뷰 공연을 하는 극장 개업을 뜻했다.[54]

서양 사교댄스가 당시 조선에 들어온 경로에 대해서는 여러 의견들이 있다. 우선 유학생들이 수년 동안을 유럽 각국에서 유학하면서 사교댄스를 배워 귀국 후 국내에서 활동했다는 것이다. 그 다음 의

기생의 가극 레뷰 포즈를 취한 사진

견은 유복한 유학생들이 행셋거리로 일본 동경이나 혹은 다른 나라로 유학을 가서 댄스홀을 학교삼아 다니다가, 그들이 몇 해만에 고향에 돌아와 자연히 댄스 동호인들을 구했다는 경우이다.

당시에는 댄스 선생 노릇이 그리 자랑할 만한 일은 되지 못했다. 춤추는 무리들은 '남자는 밥 먹고 할 일이 없어 하는 친구들, 여자는 기생, 카페 여급, 회색 여성들'뿐이라고 여길 정도로 편견이 심했다. 심지어는 '문화의 가면을 쓰고 횡행하는 시대적 악마, 댄스'라 하여 가장 경계할 필요가 있다고 말할 정도였다.[55]

사실 우리나라에 서양 춤이 들어온 것은 구한말 고종 황제 때 서울 주재 러시아 공사에 의해서였다고 전해진다. 최초로 댄스를 춘 한국 사람은 1890년 경 구한말 이하영 외부대신이었다. 미국공사 재임 시 다소 느린 3/4박자의 보스턴 왈츠Boston Waltz를 추었다. 그 후 귀국 후에도 당시 종로에 1902년 세워진 조선 최초의 서양식 호텔인

손탁 호텔에서 샴페인을 마시면서 종종 사교춤을 즐겼다고 한다.

보스턴 왈츠는 1920년경 유럽에서 애호되었던 미국의 느린 왈츠를 말한다. 감상적인 멜로디를 지녀 제1박에만 악센트를 붙인다. 피아노곡인 경우, 왼손 반주부의 제3박은 건반을 치지 않을 때가 많았다. 잉글리시 왈츠라고도 한다. 이는 일본이 1860년대에 받아들인데 비해 30년 후의 일이다. 1920년대 일본과 러시아에서 돌아온 유학생들이 종로의 YMCA에서 시범을 보인 것이 그 시초일 것이다. 예전에는 춤에 대한 전문교사가 없었다.

서양 춤, 즉 사교댄스는 각국의 민속춤Fork Dance, 혹은 사교춤Social Dance으로 스스로 즐기기 위한 춤이다. 반면에 레뷰 춤은 무대에서 보여주기 위한 춤이다. 무대화된 춤으로 처음 우리나라에 수입된 서양 춤은 덴까스의 레뷰 춤이다.

평양 기생학교의 관현악단으로, 중앙에 한복을 차려 입은 기생은 가수로 보인다.

레뷰 댄스와 덴까스

우리나라에는 레뷰 전체가 들어오지는 않았다. 1930년대부터 유행하기 시작한 악극, 막간극 등에서 레뷰 댄스, 레뷰 댄서라는 말이 사용되었다. 그리고 덴까스의 공연을 레뷰와 기마술이라고 소개한 것으로 보아 1930년 무렵에 '레뷰'라는 말이 들어온 듯하다.[56]

1913년 초연에서 덴까스는 자신의 춤을 레뷰 춤이라 하지는 않았다. 덴까스는 '쇼우교꾸사이덴까스[松旭齊天勝]'가 이끄는 곡예단으로, 1900년대 초에 발족된 일본의 대표적인 곡예단이라고 한다. 도쿄를 거점으로 동쪽으로는 남북 미주, 서쪽으로는 조선을 거쳐서 만주, 러시아, 유럽까지 순회공연을 다녔다. 주요 레퍼토리는 마술 기술이고 사이사이에 춤, 음악 등을 보여줬다. 물론 연극, 가극도 했다. 덴까스 곡예단이 추었던 춤들이 우리나라에 처음 소개된 레뷰 춤이라고 할 수 있다.[57] 1920년대 초반까지 덴까스 곡예단에 의해 추어진 〈서양춤〉, 〈우의무〉 혹은 〈호접무〉, 〈바다의 마녀〉, 〈청춘댄스〉, 〈역광선을 이용한 댄스〉 등은 우리나라에서 추어진 레뷰 춤들이다. 이처럼 우리나라의 레뷰 춤은 1913년 덴까스에 의해 처음 소개된 이후, 1920년을 전후해서 사교춤, 외국 민속춤 등의 서양 춤이 다양하게 수입되기 시작하면서 대개는 일본을 통해 들어온 것이다.

1929년 〈조선일보〉 칼럼에서 "조선에도 '레뷰'가 수입되었지만 얼마 동안 호감을 가질지라도 그리 큰 성공을 보지 못한 것 같다."고 지적한다. 그러면서 '레뷰'가 오래 유행할지 아니할지 점칠 수는 없으나 주목된다고 다소 부정적으로 받아들였다.[58] 이러한 춤들은 일본을 통해 들어온 외국 춤들이었다. 1921년에 블라디보스토크 청년 학생단의 조선 순회공연 이후 불기 시작한 '무도'의 바람과 함께 우리의 춤 문화에 일정한 영향을 미쳤다. 이처럼 1920년대 중반 조선의 전반적인 춤 문화는 커다란 지각변동을 겪게 된다.[59]

레뷰 춤 대중화의 시대를 열다

이른 시기에 기생들이 서양 춤을 추었다. 기생들이 전통춤 외에 서양댄스, 무도, 양댄스 등을 춘 것은 1918년에 출간된 『조선미인보감朝鮮美人寶鑑』의 기예란을 보면 알 수 있다.

『조선미인보감』은 〈경성일보〉의 사장 아오야나기 고타로와 신구서림 사장 지송욱이 공동 작업을 통해서 작성한 것으로, 일제 강점기의 근대 기생제도를 알 수 있는 중요한 사진 자료집이다. 특히 후에 조선권번이 되는 대정권번에서 이른 시기에 서양무도를 동기童妓에게 가르치고 있었다.

1920년대 중반으로 넘어가면 우리나라에 서양무도Social Dance도 활발히 보급되었다. 외국 영화 속에서 언뜻언뜻 외국 춤도 보았던 터라, 대중들은 새로운 춤에 대한 욕구나 안목이 높아져 있었다. 1930년대에는 레뷰 춤도 대중화되었다.

한편, 기생들이 덴까스의 무대를 본뜨기 시작한 것도 꽤 오래되었다.

"기술 마술로 유명한 천승일행이 지난번 공진회 중 연예관에서 흥행할 때에 다동기생조합에서는 기생으로 하여금 기술을 배우게 하

탬버린을 들고 레뷰 춤을 추는 기생

였다"[60]고 했다.

또 봉산관앵대회의 여흥으로 각 권번 기생이 기술 마술로 관객의 취미를 도와드린다 하였다.[61] 경화권번 연주회에서는 신출귀몰한 기술 마술을 선보였다.[62]

그리고 조선권번의 서양댄스단, 대동권번의 무도반이 공진회, 박람회 등에서 레뷰 춤을 추었다.

대정권번 소속 조산월(당시 12세)은 서양무도 5종을 할 줄 알았던 기생 (『조선미인보감』에 수록된 사진)

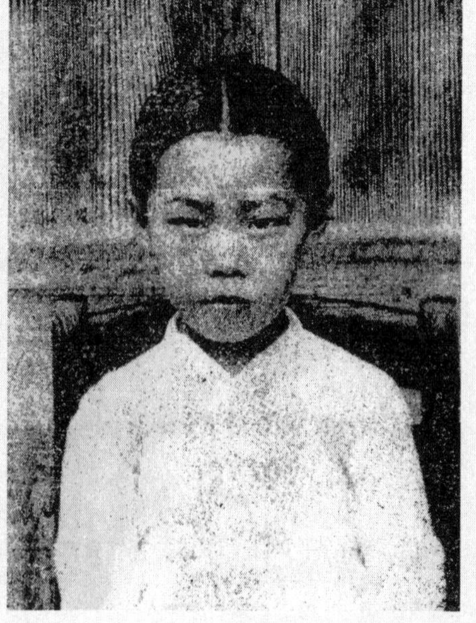

대정권번 소속 이보패(당시 9세)는 서양무도 3종을 할 줄 알았던 기생 (『조선미인보감』에 수록된 사진)

덴까스의 레뷰 무대가 인기를 끌자 권번에서는 기생들로 하여금 덴까스의 기술 마술과 춤까지 배우게 했던 것이다.

조선권번의 사교댄스는 윤은석尹恩錫 선생이 가르쳤다고 알려져 있다. 한성권번의 경우에는 사교댄스를 김용봉金用奉이 가르쳤다. 특히 윤은석은 1930년대 일제 강점기에 춤에 대한 전문 교사가 없을 때 쇼단 안무가였다. 그는 일본에 자주 왕래하며 춤을 배웠다. 당시 영국 황실무도교육협회에서 발간한 'Book Dance'라는 책을 독학했다고 한다. 우리나라 댄스스포츠의 선구자 역할을 한 윤은석이 바로 조선권번의 서양 춤 선생이었다.

우리식의 레뷰 무대를 연출한 권번 기생

경성에 있는 권번들은 무도부舞蹈部를 따로 두어 기생들을 교육했다. 사교춤과 서양 포크댄스, 레뷰 댄스까지 추었다. 어깨를 드러내고 허리를 뒤로 젖히는 등 곡예적이기도 한 기생의 서양춤은 놀라움을 자아냈다.

1938년 매일신보사가 주최한 운동회의 여흥 프로그램으로 종로권번의 레뷰 춤이 소개되었다.

그 종목은 "제3부(종로권번 레뷰부) 12. 애국행진곡 13. 쎄쎄레뷰 14. 처녀총각 제5부(종로권번 레뷰부) 23. 비 오시는데 24. 창공 25. 샛에론 26. 조선민요[63]"들이다.

종로권번 레뷰부 기생들이 17종목의 레뷰 춤을 추었던 것이다. 당

시 종로권번에서는 사교댄스를 기룡奇龍이 가르쳤다.[64]

'종로권번 기생의 레뷰'라는 설명과 함께 사진도 실렸다. 당시 사진을 보면 다리와 어깨를 훤히 드러내고 곡예와 같은 포즈를 취한 것이 그럴 듯하다.

레뷰 춤이 여흥 프로그램으로 추어졌다. 이처럼 권번에 '레뷰부'라는 부部가 따로 독립되어 있는 것으로 보아 레뷰 춤이 일정한 양식을 갖추어 대중들에게도 어필하고 있었음을 알 수 있다. 이후 권번의 정기 연주회나 박람회 등에서 어깨를 드러내고 짧은 치마를 입은 기생들의 레뷰 춤을 볼 수 있게 된다.

평양 기생학교 기생의 레뷰 댄스로 어깨를 드러내고 짧은 치마를 입은 기생들의 약간은 곡예적이었다. 중앙에 신사 차림의 스틱 맨 역시 기생의 남장(男裝)이다.

그러니까 덴까스가 처음 레뷰 춤을 소개했을 때에 비하면 1930년대부터는 다양한 무대에서 레뷰 춤이 추어졌던 것이다. 극장 흥행을 위해 기획·연출된 레뷰 댄서의 레뷰 춤 무대뿐만이 아니라 악극의 프로그램으로, 연극의 막간에 옥외 행사의 가설무대에서 여흥으로 추어졌다. 유랑 극단이나 서커스에서도 볼거리로 막간에 했음을 짐작할 수 있다. 무대의 성격이나 춤꾼의 자질이 다양하여 레뷰 춤의 수준도 천차만별이었을 것이다.

레뷰 춤은 무대에서 아무렇게나 추는 서양 춤이 아니었고, 무대 위에서 관객에게 보여주기 위해 추는 춤으로 일정한 테마가 있었다. 레뷰 춤을 추는 춤꾼들은 일정한 기량을 갖추어야 했다는 점에서 분명히 전문성 있는 춤이었다. 다만, 유럽식의 레뷰 무대가 아니라 우리의 레뷰 무대에서, 즉 악극단이나 유랑 극단, 서커스의 무대에서 추어지면서 각각의 구조적 특성에 맞게 레뷰 춤이 추어졌던 것이다.

1930년대에는 〈배구자예술연구소〉, 〈배구자악극단〉에서 추어졌다. 이후에는 여러 악극단의 레뷰 걸, 레뷰 댄서들과 당시로는 전문 춤꾼이었던 기생들이 추었다.[65]

배구자裵龜子(1905~2003)는 1905년 배정자裵貞子의 조카딸로 태어났다. 일찍이 일본의 덴까스[天勝]예술단에 입단하여 탁월한 재능을 보였다. 덴까스예술단의 평양 공연이 있던 1926년에 귀국한 후 전통무용의 현대화와 발레 등 서양 무용의 적극적인 수용에 관심을 가지고 무용가로서 활동하기 시작하였다. 1928년에는 미국 유학을 기념하기 위한 '배구자 고별음악무도회'를 열었다. 이때 서양 무용과 창작 무용 〈아리랑〉을 선보였다. 그러나 미국 유학이 좌절되자 1929년 서울 신당동에 '배구자무용연구소'를 설립했다. 또한 〈양산도〉·〈오동나무〉 등을 공연하며 전통 무용의 확립에 주력하였다. 특히 전통에 입각한 한국 무용의 확립에 깊은 관심을 가지고 이를 위한 무용 활동을 활발히 펴나갔다.

또한 무용뿐만 아니라 가극에도 관심을 보이면서 활동범위를 넓혔다. 〈복수의 칼〉·〈파계〉·〈멍텅구리 미인탐방〉 등의 연극 활동도 하였다.

배구자 악극단 선전 광고물
–박민일 소장

평양 기생학교 간이 공연장에서 레뷰 춤 포즈를 취한 기생

1935년에는 남편 홍순언洪淳彦과 함께 동양극장을 설립했다. 〈아리랑〉을 비롯하여 무용극·연극·합창·촌극을 섞은 공연을 하여 당시 공연계에 새로운 활력을 불어넣었다. 8·15 광복 후 무용계를 떠나 일본으로 건너갔으며 그 후의 행적은 크게 알려진 바가 없다.

일제 강점기 1920년대 후반까지 레뷰 춤이 크게 달라지지는 않았다. 하지만 1930년대에 기생들이 레뷰 춤을 추기 시작하면서 대중화된 것이다.[66]

그러면 그 레뷰 춤은 어디로 간 것일까? 그 흔적을 텔레비전 쇼 프로그램에서 찾을 수 있다. 바로 1964년 12월 후라이보이 곽규석이 1인 MC로 50분 동안 진행한 '쇼쇼쇼' 프로그램이다. 동양방송(TBC)의 개국과 함께 시작되어 1983년 8월까지 방영한 장수 프로그램이었다. 동양방송은 다른 방송국보다 압도적인 시청률을 기록하면서

'쇼쇼쇼'는 1964년 시작된 동양방송(TBC) 버라이어티 쇼 프로그램으로, 인기 가수가 노래를 부르는 동안 앞에서 레뷰 춤을 추는 듯한 무희가 등장한다.

시청자를 사로잡았다. 그때 당시 최고 인기 프로그램이 바로 '쇼쇼쇼'였다. 방영하는 날이 토요일이면 시청자들은 모두 텔레비전 앞에 모였다. 특히 후라이보이 곽규석의 마임과 코미디는 큰 인기였다. 가수의 노래전에 등장해 재담을 펼치고 다음 가수를 소개하는 식인데, 말하자면 60년대부터 70년대까지 인기 가수의 경연장이었던 셈이다. 연말의 가수왕상을 받으려면 이 프로그램을 통해 인기관리를 잘해야 수상이 가능한 일이었다.

이처럼 '쇼쇼쇼'는 당시에 춤과 노래, 코미디를 결합한 국내 최초의 텔레비전 버라이어티 쇼 프로그램이었다. 1930년대 악극의 만담, 노래, 막간 노래, 춤 등의 모습과 유랑 극단, 레코드 가수의 지방 순회공연 등에서의 레뷰 춤이 '쇼쇼쇼'로 이어졌다. 동양방송이 KBS에 인수된 후에도 '쇼쇼쇼'는 계속되어 총 19년간 913회가 방송되었다. 후에 '쇼 일요특급'이 후속 프로그램으로 제작되었다.

1967년 TBC 동양방송 '쇼쇼쇼' 공개방송을 국립영화제작소에서 제작한 필름으로 '전통무용 공연'이 오프닝 순서였다.

郵便はかき

POST CARDE

栃木縣上都賀郡

鹿沼町

鈴木西山様

[illegible]

東京日之出商行發行

[illegible]

한국 전통무의 전승자, 기생

궁중의 왕에서 저잣거리 서민을 위하여

권번 기생의 무대는 놀음방뿐만 아니라 극장 무대와 각종 여흥의 자리로 확대되었다. 주요한 관객은 왕족과 양반들이 아니라 일반인들로 바뀌었다. 무대도 왕궁이 아니라 극장 무대와 놀음방으로 바뀌었다.

관객과 무대가 바뀌었다는 것은 단순히 대상과 공간이 바뀐 것이 아니라 춤의 개념도 수정된다는 것을 의미한다. 즉 궁중무의 경우 왕을 중심으로 한 의식儀式의 하나이면서, 왕을 중심으로 한 풍류로서 추어졌었다. 그러나 사설극장에서는 그렇지 않다. 궁중에서 왕에게 정재로서 추던 궁중무가 아닌 것이다. 관객들의 성性과 정情에 감흥을 불러일으키기 위해 승무, 민속춤인 한량무閑良舞, 지구무地球舞, 이화무李花舞, 성진무性眞舞, 시사무矢射舞라는 궁중에서는 추지 않은 새로운 창작춤까지 추었던 것이다. 이는 무대 홍행을 위하여 기생의 춤이 변신하고 있는 과정임을 보여준다.[67]

'시정오년기념성택무'는 조선 초기에 창작된 당악정재 '성택聖澤'을 기본으로 한다. 원래 '성택'의 내용은 사신의 위로연에 주로 추어져 중국 황제의 덕을 흠모하고 치하하는 것이다. 성택무는 정재呈才 때에 봉족자奉簇子와 선도仙桃 각 한 사람, 죽간자竹竿子 두 사람, 좌협무左挾舞와 우협무右挾舞 각 네 사람, 모두 열두 사람이 성군의 은덕을 기리는 가사歌詞를 노래하며 춤을 추었다.

'시정오년기념성택무'는 '성택'에서 황제를 일본으로 빗대어 놓고, 여덟 방향을 당시의 13도道로 바꾸어 창작한 춤이다. 일본이 조선에 대한 통치를 시작한 지 5년이 된 것을 기념하고 이를 자축하며, 조선과 일본이 융화하고 발전하기를 바라는 내용의 춤인 것이다.

위 춤은 '시정오년기념성택무'로 1915년 9월 10일자 〈매일신보〉에 소개되었다. '시정오년기념성택무'를 초연했던 기생들은 다동기생조합의 김취홍·김옥진·강화선·최춘홍·최도홍·김난옥·최가경·한소옥·윤농월·최추월·백운선·김은희·장진주로 13명이고, 김월선이 박(拍)을 쳤다. 사실 관기의 공연이 아니라 경성에 있던, 후에 대정권번이 되는 다동기생조합에서 만들고 공연하였다.

물론 이 춤은 기생조합을 관할하고 있던 경시청의 지시로 창작되었을 것이다. 행사 기간 내내 기생조합은 가장행렬, 제등행렬, 협찬회 여흥연주, 미인명첩대회 등에 동원되었으므로 미루어 짐작할 수 있다. 다동조합 기생들이 추었으니 다동기생조합의 춤 선생이 안무했을 것이다. 당시 다동기생조합의 춤 선생이 하규일이었으니, 그렇다면 하규일이 안무했을 가능성이 있다.[68]

한국 무용사에서의 권번 기생 춤의 위상

한국 무용사에서 일제 강점기는 오랜 세월 동안 농경사회를 기반으로 추어지던 우리의 궁중무와 민속무 전반의 정통 춤이 서구문화와 만나 질적으로 다른 변화를 맞이했던 시기였다. 외국 춤이 처음으로 수입된 시기였던 것이다. 외국 춤을 수용하여 신무용이라는 양식이 만들어졌던 시기이기도 했다.

일제 강점기에 저변에서 끊임없이 춤 활동을 했던 이들이 바로 기생들이다. 이들은 기생조합과 권번을 중심으로 춤 활동을 했다. 전통시대와 현대를 이어주는 시기에 춤 활동을 한 것이다.

그들은 전통시대에 추던 귀중한 무형 자산을 우리에게 물려주었다. 현대로 들어서는 길목에서 전통춤을 바탕으로 새로운 춤을 만들 수 있게 해주었던 것이다. 기생들의 춤은 일제시대 대표 무용인 한성준, 최승희, 조택원의 춤의 토대였다고 할 수 있다.[69]

이렇게 한국 무용사에서 중요한 역할을 한 기생들이 추었던 춤은 요릿집에서의 여흥거리 춤으로만 인식되어 비중있게 다뤄지지 않았다. 춤을 담당한 기생들이 전통적으로 낮은 사회적 신분을 가졌고 천한 사회적 대우를 받았기 때문이다. 그들의 춤이 여흥의 자리에서 재미나 즐거움을 돋우어 주기 위해서 추어졌다는 점에서 기생의 춤을 더욱 비하하여 보았다.

또한 그들의 춤이 예술적 정식正式을 표현한 무대 춤이 아니었다는 점에서 인정하지 않았을 것이다. 그리고 기생의 춤을 악樂의 총체적 개념 속에서 보지 않고 여기餘技의 하나로서 부속된 것으로 보았기 때문이다. 기생의 춤 속에는 수백, 수천 년을 이어오면서 걸러지고 다듬어진 우리 춤의 정신이 담겨 있다.

우리나라 권번의 기생은 대한제국 황실의 관기 예악문화를 전승하고 보전시킨 공로를 인정받아야 한다. 그들은 현금·가야금·장구·아쟁·해금·대금·소금·가곡 등의 기악과 성악은 물론 궁정 무용인 춤, 가인전목단·선유락·향장무·포구락·무고·검무·사자무·학무 등의 정재呈才와 그 밖의 글씨와 그림을 익혀온 예악문화의 실현자이자 종합예술가들이었다.[70]

조선 요릿집의 원조 명월관 본점 연회장 무대에서
4인이 검무를 추는 사진이다.

검무를 추는
기생의 포즈 사진

기생의 손끝에서 피어나는 전통악기의 선율

오늘날 국악에서 여성 음악가의 전성시대를 맞게 된 배경을 논함에 있어 일제 강점기에 활약한 기생들의 예술적 공헌을 지나칠 수 없다. 여류 명창이 등장한 이후 그녀들이 '과연 예술가인지, 재주 있는 기생인지'에 대해서 늘 논란이 되어 왔었다. 그러나 누가 뭐래도 여류 명창은 '예술인'이다. 다만, 권번의 기생이라는 과정을 거치지 않고는 창악계에 나설 수 없는 당시 사회 여건을 감안해야 한다. 그러한 여류 명창들에 대해 반드시 긍정적인 자세로서의 이해가 필요하다.[71]

권번에 들어오면 팔 기운이 있음직한 뼈대 굵은 기생들은 주로 거문고를 배웠다. 몸이 가날픈 축은 양금을 익히고, 가야금은 누구나 할 수 있었다. 노래는 우선 목이 터야 했는데 노래를 부르는 수창 기생이 되려면 담이 크고 침착해야 했다.

대개 노래는 우조 6가지, 계면 6가지, 편 1~2가지, 춤은 춘향무·장상보연지무·무고·사고무·무산향 등을 익히면 어느 정도 기초 수업은 끝나는 것이었다. 권번에 이름을 올린 모든 기생이 의무적으로 배워야 하는 것은 아니었다. 출석제도가 없어 게으른 축들에게는 편리했으나 후에 명기가 될 수는 없었다.[72]

이처럼 권번 기생들은 각종 공연을 통하여 전통예능교육의 기능을 담당한다. 그 공연의 명목은 '음악무도대회', '기생조합연구회', '고아원 및 학원후원연주회', '이재민구조연주회' 등 다양한 타이틀로 공연되었다. 음악무도대회는 대중적인 연예물과 민속 예능 중심의 공연이었다. 기생들의 공연에서 가장 비중 있는 연주회가 바로 기생조합연주회였다.

공연장에서 연주하는 권번 기생 사진으로, 거문고, 가야금, 양금, 장구 등이 보인다.

거문고와 가야금 연주 기예

거문고는 현금이라고도 한다. 오동나무와 밤나무를 붙여서 만든 울림통 위에 명주실을 꼬아서 만든 6줄을 매고 술대로 쳐서 소리 낸다. 소리가 깊고 장중하여 예로부터 '백악지장', 즉 백 가지 악기 중에 최고라 일컬어졌다. 거문고는 학문과 덕을 쌓은 선비들 사이에서 숭상되었다. 지금도 줄 풍류를 비롯하여 가곡반주·거문고산조 등에서 출중한 멋을 나타내고 있다.

기원은 『삼국사기』에 의하면 중국 진나라에서 보내온 칠현금을 왕산악이 본디 모양을 그대로 두고 그 제도를 많이 고쳐 만들었다고 한다. 이때 100여 곡을 지어서 연주하였더니 검은 학이 날아들어 춤을 추었기에 '현학금'이라는 이름이 붙었다. 뒤에 '학'자를 빼고 '현금'이라 하였다.

거문고를 연주하는 포즈의 기생 사진이다. 가지런하게 놓여 있는 꽃신도 이채롭다.

그러나 1932년 중국 집안에서 발굴된 고구려의 고분벽화에 거문고의 원형으로 보이는 악기의 그림이 발견되었다. 그에 따라 거문고는 진나라 이전의 고구려에 이미 그 원형이 있었다는 설이 유력시되고 있다. 또 거문고라는 명칭도 현학금에서 나온 것이 아닌 '고구려금', 즉 '감고(가뭇고)' 또는 '검고(거뭇고)'의 음운 변화로 보기도 한다.

거문고는 신라에 전해져 옥보고·속명득·귀금·안장·청장·극상·극종 등의 계보로 전승되었다. 극종 이후 옥보고로부터 약 1세기가 지난 뒤부터 세상에 알려져 널리 보급되었다.

가야금은 '가얏고'라고도 한다. 오동나무 공명반에 명주실을 꼬아서 만든 12줄을 세로로 매어 각 줄마다 기러기발 모양을 받쳐놓고 손가락으로 뜯어서 소리를 낸다. 줄 풍류를 비롯하여 가곡반주·가야금산조·가야금병창 등에서 청아하고 부드러운 음색을 뽐내는 대

가야금을 연주하는 기생 김운월

중적인 국악기이다. 가야금에는 정악을 연주하기 위한 정악가야금과 민속악 및 산조를 연주하기 위한 산조가야금이 있다. 풍류가야금은 신라 때부터 있어 온 원형의 것이다. 산조가야금은 산조와 민속악의 연주를 위하여 조선 후기에 개량된 가야금이다. 이 두 종류의 가야금은 구조에 있어서는 거의 같으나 크기·음역·음색 및 연주하는 법은 서로 다르다.

가야금의 연주 자세는 책상다리를 하고 앉아서 용머리 모양을 오른쪽 무릎 위에 올려놓는다. 양의 귀머리 모양은 왼쪽 무릎 약 30° 정도로 비스듬히 놓는다. 오른손은 용머리 모양에 올려놓고 가야금 베개 너머의 줄을 뜯거나 퉁겨서 소리를 낸다. 왼손으로는 기러기발 모양에서 양의 귀머리 모양 쪽으로 약 10~15㎝ 떨어져 오른손이 내준 소리를 장식하는 줄을 흔들어 준다. 또한 소리를 흘려 내려 주거나 줄을 굴러 준다.

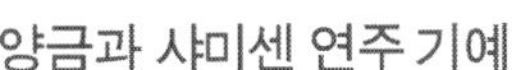

양금과 샤미센 연주 기예

양금은 4각의 나무판에 철로 된 현을 얹은 악기로, 이 철현을 대나무 껍질로 만든 작은 채로 쳐서 소리를 낸다. 서양에서 들어왔다고 해서 '서양금', 유럽에서 전래된 철현을 가진 현악기라 하여 '구라철현금' 또는 '구라철사금'이라고도 한다. 국악기 중에서는 유일하게 쇠줄을 가진 현악기이다.

순조 때의 기록에 따르면, 양금은 마테오리치에 의해 중국의 명나라로부터 전래되었다고 한다. 우리나라에 들어온 것은 영조 초기로 생각된다. 양금은 음의 조절이 어렵기 때문에 전통 음악에서는 독주용으로는 잘 사용되지 않았다. 단소와 함께 연주할 때 편성되거나 줄 풍류 및 합주에 쓰인다.

양금은 사다리꼴의 상자 위에 긴 괘를 2개 세우고, 쇠로 만든 현을 4현 1벌로 총 14벌 56현을 얹는다. 56개의 줄은 각각 양 끝에 줄 감기 못에 감겨 있어 조율할 때 사용한다. 채는 대나무 뿌리로 만든다. 대부분의 국악기가 현을 뜯는 방식으로 연주하는 발현 악기인 반면, 양금은 타현 악기에 해당한다. 양금 뚜껑을 열어서 뚜껑을 악기 아래 받치고 대나무 채로 악기의 현을 쳐서 소리를 낸다. 이러한 주법 때문에 특유의 트레몰로 주법이 가능하나 농현弄絃이 불가능하다. 양금은 줄의 개수가 많고 쇠로 되어 있어 음정의 조율이 복잡하다. 이 때문에 연주 중 온도의 변화나 조명 등으로 인하여 줄이 처질 경우 음을 다시 조율하기가 어렵다.

일제 강점기에 권번 기생은 일본 전통악기 샤미센을 연주해야 했다. 요릿집 손님 중에 일본 내지인과 친일파들은 권번 기생이 샤미센을 연주하기를 원했다. 1910년대 중반에 이미 샤미센을 연주할 수 있는 기생이 있었다. 어떤 기생은 일본 민요도 불렀다. 일본인을 접대할 일이 점점 많아지자 권번은 조선 기생에게 일본 노래와 춤도 가르쳤다.

'세 가지 맛을 내는 줄三味線'이라는 뜻의 샤미센은 글자 그대로 세 줄이 서로 다른 음색을 지녀 다채롭고 풍부한 소리를 낸다. 샤미센은 일본 음악의 여러 장르에 사용되는 가장 대표적인 전통 악기로

평양 기생학교에서 샤미센을 연주하는 기생

일본인들이 가장 애호하는 악기이기도 하다.

주로 일본 게이샤가 연주하는 전통악기 샤미센은 삼미선三味線으로 중국의 삼현에 기원을 두고 있다. 이것이 16세기에 오키나와를 경유하여 전해진 후 개량된 악기이다. 원래 삼현은 둥근 몸통인 데 비하여, 샤미센은 사각 몸통으로 4개의 판자를 합친 통에다 긴 지판을 달았다. 그 위에 비단실로 꼰 세 줄의 현을 친 것이다. 통의 가죽으로는 고양이나 개의 가죽이 쓰인다. 연주 방법은 통의 오른쪽 테를 오른쪽 무릎에 얹는다. 지판을 왼손으로 받치면서 손끝으로 현을 누르며 오른손의 픽으로 켠다.

이처럼 일본의 대표적인 삼현 악기로 조루리·가부키를 비롯한 일본 고전 예능의 모든 분야에서 사용됐다. 지방에 따라 조금씩 모양이 다르고, 이름 앞에 지명을 붙인다.

기생이 연주하는 만돌린 악기 연주 사진도 만돌린의 역사에서 시사하는 바가 크다. 만돌린은 작은 만돌라라는 뜻으로 17세기 이탈리아에서 옛 악기 만돌라를 본떠 만든 것이다. 이탈리아 여러 도시에서 다양한 변형들이 제작되었다. 그중에서 나폴리 만돌린이 대표적인 유형이다. 그리고 오늘날 쓰이고 있는 것은 17세기 이탈리아에서 개발된 나폴리식과 밀라노식 중 전자를 19세기 후반에 개량한 것이다. 만돌린은 일제 강점기에 전래된 악기였다. 1933년, 경성제국대학에서 만돌린연주클럽 공연이 열리기도 했다. 1930년대 무렵, 대정권번은 3백 명 정도의 기생들이 이름을 올려놓고 있었다.

연주회 때에는 각자 자기의 특징을 십분 살린 프로그램을 갖고 나가기 때문에 일대 장관이었다. 장안을 술렁거리게 하기에 족한 대잔치였다. 연주회가 가까워 오면 각자는 저마다 평소에 쌓은 실력을 다시 다듬고, 일부는 새옷을 장만하는 등 한동안 부산한 나날을 보냈다.

고대하던 연주회 날이 되면 주로 연주회 장소로 사용되던 단성사 앞에는 사통팔달로 늘어진 만국기가 펄럭이고, 장안의 한량들은 떼지어 모여 들었다. 이때 입장료는 1원에서 50전짜리였는데 결코 싼 값은 아니었지만 관람객들은 장안의 명기들의 춤과 노래와 연주를 듣기 위해 이 돈은 아깝다 여기지 않고 자리를 메웠다.

『戀はやさし野邊
の花よ……』ア
イアメッタの唱ふ
その熱烈な戀慕の
情は彼女の奏でる
微妙なメロディに弗々とし
て躍出するのであつた。
まこと、夏の夜など、彼女
のその調に、また歌ふのな
聞けば、如何に心の躍るこ
とか、
——でも、ほがらかにて
あれ。君よ、あの澄める大
空のごとく。
ほがらかに
朝鮮美人

만돌린(mandolin)을 연주하는 포즈의 기생 사진엽서

기생 자선 연주회, '온습회'

기생조합연주회는 대개 각 기생조합에서 주최하는 것으로서 조합 내지 권번에서 기생 영업을 보다 활성화하기 위해 마련한 것이다. 기생들의 기예 솜씨를 뽐내는 자리이기도 했다. 기생조합연주회는 권번 시기에 접어들어 '온습회溫習會'라는 이름으로 계속 유지되었다. 온습회는 매년 봄과 가을 두 차례에 걸쳐 기생들이 권번에서 갈고 닦은 기예의 실력을 발휘하는 장이었다. 기생들의 합동공개 발표회이자 일종의 경연대회의 성격을 띤 행사였다.

고아원후원연주회는 1907년 경성고아원 경비 조달을 위한 기생연주회에서 시작되었다. 이후 각종 학교의 신축 및 자금 조달을 위한 연주회로 파급되었다. 이재민구조연주회는 기근이나 천재지변으로 인해 곤경에 처한 이재민을 돕기 위한 공연이었다. 이렇게 기생들에 의한 고아원 및 학원후원연주회나 이재민구조연주회는 기생에 대한 사회의 부정적 인식을 제고하는 데 크게 기여하였다.

권번에서 하는 행사 중에 연주회라는 것이 또한 이채로운 것이었다. 매년 1회 혹은 봄·가을을 택해 2회 정도 여는 이 연주회는 권번 자체의 수익성 있는 행사로도 볼 수 있다. 하지만 다른 의미에서는 신출내기 기생의 데뷔 무대가 되기도 하고, 고참들은 이미 닦은 연기를 과시할 절호의 기회가 되기도 하였다.

막이 오르면 날렵한 몸매로 기생들이 나와 춤과 노래를 불러 관객들을 황홀케 했다. 돈깨나 있는 양반들은 평소 마음에 둔 기생에게 선심을 쓸 기회를 만난다. 춤이나 노래가 무척 마음에 들었다든가,

평소 가깝게 사귀어온 기생이 있으면, 그 이름과 10원에서 20원 정도의 돈을 끼워 주최자 측에 전한다. 그러면 그 기생의 이름이 무대 위의 채 접어 올리지 않은 막 위에 즐비하게 늘어 붙기 시작했다.[73]

인기 있는 기생의 이름은 수없이 나붙어 인기를 재는 척도가 될 뿐만 아니라, 이름이 나붙은 기생은 더욱더 신바람이 나게 마련이다. 돈을 뿌린 손님은 느긋한 마음으로 관객석에서 박수로 성원했다. 무대와 관객석이 혼연일체가 된 가운데 연주회는 무르익어갔고 해마다 성황을 이루었다. 또한 여기서 이름이 나붙기 시작한 신출내기 기생은 데뷔에 성공한 셈이 되는 것이었다. 선배와 후배가 모두 정성을 다하는 연주회가 되었던 것이다.

기생들의 이름은 무대 위에 즐비하게 나붙지만, 그 밑에 받쳐 들어온 돈은 권번에 기부하게 되었다. 그래서 연주회에서 들어오는 권번의 수입 또한 만만치 않았다.

어느 공연장에서 가야금, 양금 그리고 장구를 연주하는 기생

연예 매니지먼트사, 권번

전통예술의 계승, 교방에서 권번으로

조선시대의 교방은 기생을 관장하고 교육을 맡아보던 기관으로, 가무 등 기생이 갖추어야 할 기본 기예를 가르쳐 상류 고관이나 유생들의 접대에 부족함이 없도록 하였다.

8, 9살이 된 기생은 동기童妓라 하는데, 교방에서는 12세부터 교육을 시켰다. 춤을 잘 추는 기생은 무기舞妓, 노래를 잘하는 기생은 성기聲妓 또는 가기歌妓라 불렀다. 또한 악기를 잘 다루는 기생은 현기弦妓 또는 예기라 하였다. 외모가 뛰어난 기생은 미기美妓, 가기佳妓, 염기艶妓 등으로 불리었다.

특히 사랑하는 기생은 애기愛妓, 귀엽게 여기어 돌보아 주는 기생은 압기狎妓라 했다. 나이가 지긋한 기생이나 나이로 보아 장성한 기생은 장기壯妓였다. 의로운 일을 한 기생들이 많아 의기義妓로 칭송되기도 하였다. 기생의 우두머리는 행수 기생으로 도기都妓이다. 어두운 호칭으로는 노래와 춤과 몸을 파는 기생을 창기娼妓, 천한 기생

은 천기賤妓, 기생퇴물이라는 뜻으로 퇴기退妓 등을 들 수 있다.[74]

일제 강점기 권번은 교방의 이러한 역할을 이어갔다. 교방과 마찬가지로 동기에게 노래와 춤을 가르쳐 기생을 양성했다. 한편, 기생들의 요릿집을 지휘하고, 그들의 화대를 받아주는 역할도 하였다. 비로소 일반인도 요릿집에서 만날 수 있는 존재가 된 기생은 권번에 적을 두고 세금을 바쳤다. 이들 권번 기생은 다른 기녀들과는 엄격히 구분되었다. 권번을 통해 1920년대 후반부터 기생업의 전반적인 분화가 이루어졌다. 과거 전통 무용과 음악만을 전수하던 기생은 이후부터 음악 기생, 무용 기생, 문학 기생, 극단 여배우, 대중가요 가수, 화초 기생, 방석 화랭이 등으로 분화된다. 따라서 1920년대 전기까지 지속되었던 '기생—전통 가무'라는 관계는 깨졌다. 나아가 '기생—대중 예술 일반'의 관계가 성립된다.[75]

평양 관기학교였던 노래서재에서 거문고와 양금을 연주하는 포즈의 동기(童妓)

연예인의 기획사 역할을 한 권번

일제 강점기의 기생은 권번에 소속된 기생을 말한다. 권번은 가부키 극장에서 사이반菜番이라는 관행이 생겨났을 때의 이름들과 아주 관계가 깊다.

일본은 이미 에도 시대부터 메이지 시대를 거쳐 다이쇼 시대(1912~1925년)에 이르는 기간 동안 극과 음악 위로 파티를 여는 연회장에서 시중을 드는 사람들이 있었다. 차 시중을 드는 사람들인 차반茶番들과 술 시중을 드는 사카반酒番이나 모치반餠番으로 분화·변화해 '사이반'에 이르고 있었다. 이때 그 일을 맡은 당번當番 모두를 '권번券番(칸반)'으로 부르고 있었다. 같은 발음의 칸반燗番은 요리점 등에서 술을 데우는 사람을 가리킨다. 이 모두는 일본 내 기생들의 기관이자 기생학교였던 '교방'의 기능을 민간에서 모방한 것이다. 다이쇼 기간에 일본에서 예기들의 조합을 좁혀서 '칸반'이라고 하였고, 조선총독부는 그 한자음을 따와 '권번' 시대를 열어간 것이다.[76]

권번은 기생을 관리하는 업무 대행사로, 등록된 기생을 요청에 따라 요릿집에 보내고, 화대를 수금하는 일을 맡았다. 권번에서는 매일 '초일기草日記'라는 기생 명단을 요릿집에 보내 단골손님이 아닌 사람도 기생을 부를 수 있게 하였다. 물론 예약도 가능했는데, 일류 명기의 경우에는 일주일 전부터 예약을 해야만 만날 수 있었다. 신입기생은 권번에서 인물이나 태도, 가무, 서화 등을 심사해 채용했다. 권번은 어린 기생들에게 노래와 춤을 가르치고, 요릿집 출입을 지휘하는 일종의 연예 전속 기획사 역할을 하였다.

당시 권번에 들어오는 여성들은 남의 추천을 받아서 오는 이가 제일 많았다. 일부는 본인들이 직접 찾아왔다. 좋은 권번에서 예의범절과 노래와 춤을 배우고, 지체 높은 양반의 눈에 들기만 하면 팔자 고치는 것은 시간 문제라 시집가기 위해 권번을 찾는 여성도 많았다.

권번에 들어오기 위해서는 입회금으로 10, 20원씩 내었고, 일단 이름을 올려놓으면 그 소속을 유지하기 위해 매월 50전씩 회비를 내야 했다.

권번의 탄생과 그 영욕의 세월

한성권번漢城券番은 1908년에 광교의 '한성기생조합'을 효시로 창립되었다. 이 조합은 1패 기생 중심의 약방기생으로, 기생서방이 있는 '유부기有夫妓조합'이었다. 후에 광교 한성기생조합은 한성권번으로 이름이 바뀐다.

1938년에는 주식회사 한성권번 부속 기생학교가 인가되었다. 당시 기생학교에는 보통과(2년), 본과(1년), 전수과(1년)가 있었으며, 입학 연령은 12세로, 1938년 5월 초 개교 계획이 언론에 소개되었다.[77]

다동기생조합은 1913년에 조직되어 후에 대정권번大正券番으로 바뀌면서 뛰어난 명기들이 즐비하여 장안 명사들의 화제가 되고 인기의 초점이 되었다. 대정권번은 평양의 서방이 없는 기생, 즉 '무부기無夫妓'들을 중심으로 기타 서울과 지방 기생을 합하여 만들어졌다.

하규일河奎一 학감이 1923년 대정권번에서 나와 새로 만든 것이 조선권번朝鮮券番이다. 이 권번의 초창기로부터 1936년까지 교육시킨 기생이 무려 3천 명을 헤아렸다.

한남권번漢南券番도 역시 다동에 있었는데, 1918년 경상도와 전라도 두 지방 기생을 중심으로 창립되었다. 당시 남도에서 기생 수업을 받고 서울 생활을 위해 올라오는 많은 기생들의 보금자리가 되었던 것으로 보인다.

경화권번京和券番은 경화기생조합에서 생겨났다. 이것은 당시 경무사 신태휴가 주로 40여 명의 3패들을 중심으로 남부 시동에 마련한 것이었다. 1918년 『조선미인보감』에서 서울 4대 권번으로 소개된 3패 중심의 '경화권번'도 명색이 기생조합으로 조합을 구성했다. 하지만 다른 조합원들과 격과 질이 떨어지는 관계로 충돌이 자주 일어났다. 1923년 하규일과 기생들에 의해 조선권번으로 매수되어 흡수된다.

대동권번大同券番은 평양 출신 기생으로만 조직되어 대정권번과 경쟁 관계에 놓였다. 결국 1924년에 대정권번으로 흡수되어 폐업하게 된다. 후에 평양의 대동권번과 명칭상 혼란을 일으킨다. 대항권번은 영업의 목적이 예기 양성과 권번업으로 대정권번, 경성권번의 설립 대표와 시기가 일치하고 있다.[78]

경성권번京城券番도 조선물산공진회의 연예관에 참여할 정도로 활발하게 활동하였다. 1928년 일시 영업 중지 상태에 있었다가 조병환에 의해 관수동 160번지로 권번을 옮겨 다시 부활한다. 그 이듬해 경성권번의 예기 대운동회를 장충공원에서 개최하기도 한다. 1932년

3월 12일에는 서린동 70번지로 이전하지만, 그 후 명맥만 유지된다.

종로권번鍾路券番은 1935년 9월 11일 권번 출신 기생 김옥교에 의해 주식회사로 설립된다. 당시 종로권번은 '조선색' 농후한 기생 양성소 출현이라고 언론에 소개될 정도로 유명하였다. 1937년 평양 기생학교처럼 기생다운 기생, 기예 있는 기생을 양성하는 기관을 세우고자 '경성 기생 양성소 설립 계획'(보통과 70명, 3년제/특과 70명, 1년제/전수과 50명, 1년제) 등을 세워 종로 경찰서에 신청하였다. 그 목적을 조선 노래와 서화는 물론, 전통적인 조선 기생으로서 필요한 예의작법禮儀作法 등을 가르쳐 조선색이 알맞은 기생을 만듦에 두었다.

삼화권번三和券番은 경성부 내 조선·종로·한성 3대 권번 주주들이 1942년 5월 25일 다옥정 조선권번에서 회합하여 3대 권번을 합동하

조선박람회 일제 강점기에 조선박람회는 수차례 열렸고, 박람회를 협찬하기 위해 개장한 예관에서는 매일 기생들의 공연이 있었다. 이 사진은 한남권번이 출연한 '육화대무(六花隊舞)'라고 명시되어 있다. 연대는 1920년대 이후로 추측된다. 궁중무 육화대(六花隊)는 조선 초기의 악학궤범에 처음으로 기록되었고, 조선 말에 재연한 당악정재이다.

여 만든 권번이었다. 이는 일제의 전시동원체제로 인하여 생긴 통합 권번이었다. 1942년 8월 17일에 그 결성식은 경성부 대륙극장에서 거행되어 그 후 일제에 의해 영업 제지를 받았다. 광복 후에 부활하지만 1948년에 그 명맥이 끊어지게 된다.

전통공연예술 전문교육기관으로서의 권번

일제 강점기 권번은 기능면에서 보면 전통예능교육의 산실이었다. 하규일이 운영하던 조선권번에서는 성악으로 여창가곡, 가사, 시조, 남도소리, 서도소리, 경기십이잡가, 잡가 등을, 악기로는 가야금, 거문고, 양금, 장구 등을 가르쳤다. 또 춤은 궁중 무용과 민속 무용을 망라했고, 그 밖에 서양 댄스와 서화를 가르쳤다. 기생으로서 갖추어야 할 예능 종목은 물론 일반교양까지 포괄하는 다양한 내용으로 수업이 짜여 있었다. 이렇게 권번은 전통 예능의 전문교육기관으로서의 기능을 톡톡히 해내었다.

이를 좀 더 자세히 보면 조선권번의 예기 중 경성잡가는 주영화朱永化, 가곡과 조선 무용 그리고 거문고는 하규일, 이도잡가而道雜歌는 양서진楊瑞鎭, 사교댄스는 윤은석尹恩錫, 양금은 김상순金相淳 등이 담당하였다.

한성권번의 경우에는 경성잡가를 주영화, 서도잡가를 유개동柳開東, 가곡을 장계춘張桂春, 사교댄스를 김용봉金用奉, 거문고를 조의수趙義洙, 양금을 김영배金榮培 등이 담당했다.

종로권번은 경성잡가를 오영근 榮根, 가곡과 조선 무용을 황종순 黃鐘淳, 서도잡가를 김일순金一順, 사교댄스를 기룡奇龍, 거문고와 양금을 박성재朴聖在 등이 가르쳤다.[79]

어느 권번 마당에서 기생들이 악공의 반주에 맞추어 검무의 포즈를 취하고 있다.

조선요리 명월관의 누각 위 기생의 승무(僧舞) 일본 동경 고지마치에 있었던 조선요리 명월관(明月館)의 소속 기생이 승무 복장을 하고 춤사위를 보여주는 연출 사진이다. '승무'의 기원은 황진이가 지족선사를 유혹하기 위해 추었다는 설, '구운몽'의 줄거리를 인용했다는 설, 파계승의 번뇌를 표현했다는 설, 산대가면극 중 노장과장에서 기원하였다는 설 등이 있다.

조선왕조와 함께 스러져간 '관기'

관기의 탄생

기생은 춤·노래 또는 풍류로 술자리나 유흥장에서 흥을 돋우는 일을 직업으로 삼는 예기藝妓의 총칭이다. 그 대표적인 호칭 중에 관기官妓는 천민 계급의 다른 대상에 비해 변별성을 갖는다. 기생 제도는 대략 고려시대부터 생겨난 것으로 보는 관점이 지배적이다. 고려 문종 때 '팔관 연등회'에 여악女樂을 베푼 것이 관기의 시초라 볼 수 있다. 조선시대에 들어와 많은 관기가 생겨 태조가 개경에서 한양으로 천도할 때 많은 관기가 따라갔다고 한다. 역대 왕이나 왕족들이 기생을 데리고 즐긴 예는 옛 문헌에서 쉽게 찾아 볼 수 있다.

조선시대 관기 설치의 목적은 주로 여악과 의녀로서, '약방 기생', 또는 '침선'을 담당하는 '상방 기생'까지 생겼으나 주로 연회나 행사 때 노래·춤을 맡아 하였다. 거문고·가야금 등의 악기도 능숙하게 다루었다. 관기는 지방 관아에도 딸려 지방관의 위락의 대상이 되기도 하였다. 엄연히 관비와 관기는 출발이 달랐다. 관비는 관에 소속된 여자 노비였고, 관기는 여기에 덧붙여 바로 연회 공연예술을 배웠다는 점이 달랐다.

기생을 관장하는 기관으로는 장악원이 있었다. 여기서는 가무 등 기생이 갖추어야 할 기본 기예를 가르쳤다. 그밖에 예의범절, 한시, 서화 등을 가르쳐 그들이 접대하는 사대부와 격을 맞추도록 하였다.

하지만 기적妓籍에 올라와 있는 관기는 그 부역, 즉 '기역妓役'에서 벗어날 수 없었다. 관기의 정년은 50세이기에 더욱 그랬다. 이러한 '기역'은 노비였기에 관비의 딸은 '수모법隨母法'에 따라 계승하였다.

관기의 폐지 변모는 조선의 아픈 역사성을 말한다

1894년 갑오개혁의 노비 해방과 관기의 해방은 별개였다. 1895년 갑오개혁 이듬해 예조에 소속되어 있던 장악원掌樂院이 궁내부 장례원宮內府 掌禮院으로 소속이 바뀐다. 2년 뒤 관제 개혁 때에는 장악원이 교방사敎坊司로, 1907년에 교방사는 장악과掌樂課로 축소 개칭되면서 궁내부의 예식과에 소속되었다.

한일합방이 되면서 장악과를 이왕직 아악대로, 1913년에는 이왕직 아악부로 교체됐다. 교방사 설치 시 772명의 악원 수가 1917년 57명으로 줄어들었다. 이 또한 일제에 의해 치밀하게 계산된 조선 궁중 아악의 말살 정책으로 볼 수 있다.

춤 복장을 하고, 사진관의 연출된 배경에서
포즈를 취하는 관기

그런데 1895년 이후 궁중 관기는 장악원 직제에 있는 것이 아니라 태의원太醫院과 상의사尙衣司로 소속되면서 관기 해방 기록에 혼동이 일어났다. 태의원의 의녀는 1907년에 상의사의 침선비針線婢와 함께 폐지되었다. 따라서 직제 상 관기가 폐지된 것이다.

1907년 12월 14일 〈대한매일신보〉에 관기가 자신의 소속을 밝히고 자선 연주회를 개최한 기사가 나온다. 이 기사에서 궁내부 행수 기생, 태의원 행수 기생, 상의사 행수 기생 등이 자선 연주회를 발기한다고 했다.

궁중에 속해 있어야 할 관기가 궁중 밖에서 궁내부, 태의원, 상의사의 이름을 걸고 독자적으로 연주하였다는 점이 눈에 띈다. 행사에 초대된 것이 아니라 관기들이 직접 연주회를 주최한 것이다. 이는 궁중 윗전의 허락이 있어서 가능했을 것이다. 궁중의 허락과 상관없

공연이 끝난 후 기념사진을 찍은 관기의 모습이라고 하나 뒤쪽 중앙에 '승무' 복장으로 미루어 보면 궁중의 관기 공연은 아니다. 승무는 민간에서만 공연되었다.

이 기생들이 독자적으로 연주할 수 있었기에 가능하다. 그런데 궁중무와 민속무의 종목이 섞여 있다는 점이 특이하다. 궁중 소속 관기라면 민속무, 즉 승무·북춤은 추지 않았다. 이것은 여악의 전통이 흔들렸거나 궁 밖에서의 연주였기에 가능했다.[80]

1908년 7월 13일 〈대한매일신보〉의 기사에 따르면 경성고아원을 위한 자선연주회가 장안사에서 열렸다. 조선 관기들의 마지막 무대 공연으로 볼 수 있다. 조선의 여악이 실질적으로 해체된 것이다. 하지만 국가에 소속된 일종의 공인 예술가로서 '관기'라는 개념이 공식적으로 사라진 것은 1908년 9월 15일 '기생 및 창기 단속 시행령' 제정 때부터이다.

1908년 9월 15일 〈황성신문〉을 보면 상방과 약방과 장악과에 관련되었던 관기를 앞으로는 경시청에서 관리한다는 기사가 실린다. 경시청을 통해 관리 받게 되었으니 기생들은 이제 궁내부와 전혀 관련이 없게 되었다. 그날 바로 '기생 및 창기 단속 시행령'이 제정되었고, 10월 6일 '기생 및 창기 단속 시행심득'이 내려졌다.

일본 제국주의에 의해 성적sexual으로 대상화된 여성의 이미지는 특히 '관기'라고 찍은 사진엽서에서 두드러지게 발견된다. 사실 권번의 '기생'을 찍어 놓고 조선의 '관기'라고 표기하는 것은 의도적이다. 이는 나아가 청순하고 가련한 기생의 수동적이고 애처로운 이미지를 일본에 보호받아야 하는 식민지 조선의 표상으로 본 것이다.

성수만강(聖壽萬康)이 새겨진 허리띠를 두른 관기

관기의 춤사위를 보여주는 정장한 모습으로 연출된 사진

기생집에서나 볼 수 있게 된 관기

경시청에 의해 모든 기생들이 기생 조합소로 조직되어 가무 영업 허가를 받아 활동하게 되었다. 기생에 대한 감독과 통제는 이미 치밀한 준비 하에 계획되고 있었다. 궁중 관기가 사라진 것이 이 무렵이었다. 그 궁중 관기를 요릿집에서나 볼 수 있게 되었던 것이다.

한말 요릿집의 기원은 일본식 요정에 있다. 1880년대에 들어 서울에는 청나라와 일본인 등 외국인들이 거주하게 되었다. 일본인의 거주는 주로 진고개, 즉 지금의 충무로 일대였다. 당시 일본인 3천 명이 모여 살면서 일본식 과자점이 생기게 되었다. 이 과자점에서는 '왜각시'라 불리는 일본 여자들이 과자였던 '눈깔사탕'을 팔았다. 일본 남자들이 여기에 몰려들자, 조선 남자들도 '왜각시'를 보려고 진고개 출입이 잦아졌다.

당시 진고개에 여럿 들어섰던 일본 요릿집에서 '왜각시'의 인기에 주목하게 되었다. 단순히 요리를 파는 데 그치는 것이 아니라 각시까지 파는 발상을 한 결과, 술과 요리 그리고 게이샤를 함께 파는 요정이 등장하게 된 것이었다.

그래서 1887년 처음으로 일본식 요정인 '정문루井門樓'가 만들어졌다. 여기에 '화월루花月樓'가 생겼다. 친일파의 대명사로 불리는 송병준이 '청화정淸華亭'까지 내면서 한말의 3대 요릿집이 생겼던 것이다. 일본식 요릿집은 목욕간을 두었다. 조선식 요릿집은 이를 따로 두지 않았다. 이 일본식 요릿집을 이어받으면서 조선식 궁중요리를 내놓은 집이 바로 명월관이다.[81]

덕수궁 중화전에서 있었던 궁중 관기 공연을 기념한 사진으로, 거의 당시 공식적인 관기의 마지막 모습이라 할 수 있다.

관기에서 권번 기생으로

이처럼 관기 제도가 폐지되고, 기생들이 서울로 몰려들어 요릿집들이 매일 밤 성시를 이루어 장사가 잘 되는 것까지는 좋았다. 여기에도 골치 아픈 일이 차차 생겨나기 시작했다. 찾아온 손님이 부르고 싶은 기생의 이름을 대면 일일이 연락해서 불러와야 했다. 한 기생을 놓고 신분의 고하가 있는 몇 사람이 서로 불러오라고 으르렁대는 경우도 생겼다. 불려온 기생이 실수를 범하거나 손님이 너무 무례하여 시비가 벌어지는 날에는 요릿집 주인이 일단 책임을 져야 했다. 무척 번거롭고 신경 쓰이는 일이었다. 이와 같은 불편을 덜기 위해 생각해낸 것이 기생조합이다.[82]

왼쪽부터 노옥화, 윤농월, 이난향, 이화향으로 〈연화대〉 공연하는 복장을 한 사진이다.

이와 같은 이해타산 속에서 태어난 조합도 출신 지방별로 따로따로 모이게 되어, 광교 쪽에 자리 잡은 광교기생조합은 서울 출신과 남도 출신들이 많이 모이게 되었다. 다동기생조합은 거의 평양지방 출신인 서도 출신들로 구성되었다. 이러한 조합이 일제에 의해 1914년 '권번券番'으로 바뀌게 되는데, '검번' 또는 '권반券班'이라고도 불렀다.

'권번'은 후에 장악원의 기능을 맡았다. 경성의 한성권번과 평양의 기성권번에는 기생학교가 있어 14세에서 20세까지의 처녀를 입학시켜 가곡 외에 예의·서예 등을 가르쳐 예능과 교양을 겸비하게 하였다.

妓生の舞

白い頬に
紅染めて
妓生は唄ふ
アリランの唄
舞ふよひらひら
胡蝶のやうに
今宵ばかりは
思ひ出の
秘めた情ひの
さめぬよう

평양 기생학교의 예비 기생들

일제 강점기 관광명물, 평양 기생학교

1930년대 일제 강점기에 우리나라를 방문하는 관광단이 가장 보고 싶어 하는 것 중의 하나가 기생이었다. 당시 '조선색 농후한 전통적 미를 가진 기생'을 볼 수 있는 곳은 평양 기생학교뿐이라고 해도 과언이 아니었다. 일본인들까지도 아름다운 평양 기생의 공연을 보기 위해 '기생학교'를 관광 일정에 꼭 포함시키기도 하였다. 따라서 평양의 관광안내서에는 평양이 조선 제일의 미인 산지라 홍보되었고, 전 조선의 유명한 기생의 배출처로서 단연 '평양 기생학교'가 꼽혔다. 이에 대한 사진과 설명이 거의 빠짐없이 소개되어 있을 정도다. 물론 사진엽서는 기생학교의 양성과정에 주목하여 기생들이 수업하는 장면들을 중심으로 만들어졌다. 정규기생학교가 아니라 기생을 양성하는 학교라는 데에 관심의 초점이 맞추어지고 있었다. 현재 가장 많이 남아 있는 사진엽서가 바로 평양 기생학교를 찍은 사진들이다.

평양 모란대에서 포즈를 취한 평양 기생 최금도, 김인숙, 장수복의 사진

평양 기생학교의 학생이 3년 동안의 업을 마치고는 평양, 서울, 대구, 의주 등지로 흩어져 가서 평양 기생의 성가聲價를 올렸다. 그리고 기생학교가 평양의 한 명물이 되었다. 상해, 남경 등지에서 오는 서양 사람이나 도쿄, 오사카 등지에서 오는 일본 사람이나 서울 기타 각처로부터 구경 오는 귀한 손님들이 그칠 새가 없이 구경하러 찾아 왔었다.[83]

전국 팔도에 유일한 평양 기생 양성소

평양의 기성권번箕城券番은 부속된 3년 학제의 기생학교를 운영하였다. '평양 기생학교'는 본래 명칭이 '평양 기성권번 기생 양성소'이며, 일제 침략기의 엽서에는 조선 유일의 기생학교라고 소개되어 있다. 연 60명이 입학하였고, 3년제로 총 180~200명 정도이며, 향후 210명까지 늘어났다.

1930년을 기준으로 평양 기성 기생 양성소 직원은 소장 1명, 학과 교사 1명, 가무 교사 1명, 잡가 교사 1명, 음악 교사 1명, 서화 교사 1명, 일본창 교사 1명, 사무원 1~2명 등이었다.

입학금은 2원이고, 학비는 1학년(1개월 단위) 2원, 2학년(1개월 단위) 2원 50전, 3학년(1개월 단위) 3원이었다. 또한 학기는 1년에 3학기로 1학기(4월 1일~8월 31일), 2학기(9월 1일~12월 31일), 3학기(1월 1일~3월 31일)로 구분되며, 매년 3월에 학기말 시험을 통과해야 되었다.[84]

평양 기생학교의 건물과 기생들의 모습

1937년 당시 평양 기생은 국내외를 통해 명성을 떨쳤는데도, 실제로 화대는 서울에 비해 상대적으로 저렴했으며 시간당 50전이었다. 쌀 한 가마에 20원 하던 시절인데 5원 정도면 3, 4명이 실컷 즐길 수 있었으니 유흥객에게는 그만이었다.

평양 관기학교와 노래서재 그리고 기생학교

평양의 기성권번은 대동강 부근에 있었는데 그 부근 일대에 산재해 있는 10여 군데의 대규모 요릿집을 영업 대상으로 삼았다.

기생을 전문적으로 키우던 평양 기생학교에는 10대 소녀들이 모여 가무음곡을 익혔다. 1940년대 대동강변의 기생 수효는 무려 5, 6백 명에 이르렀다. 이는 조선말 1900년 '평양 관기학교平壤官妓學校'에서 그 흔적을 찾을 수 있다.[85]

그전부터 기생 양성소라고 볼 수 있는 평양의 이름난 노래서재가 있었다. 노래서재에서 가무를 배우면 기적妓籍, 즉 기생 호적에 올라가는 것이다. 노래서재에서는 '경소용京所用', 즉 서울에서 쓸모 있는 몸'이란 뜻으로 평양이 아닌 경성으로 보낼 기생이라 하여 구분하여 가르쳤다.

1900년 이전의 평양 관기학교 기념 촬영

기생학교 건물은 평양의 대동강을 끼고 연광정으로 올라가면 호화로운 3층 다락이 가로 눕고 있는 양식 절반, 조선식 절반 형태로 지어졌다. 1933년에 교실을 신축하여 놓아서 주홍칠한 기둥에 학 두루미와 용 같은 오색그림을 그린 벽화가 특이하였다. 예전 1920년대에는 대동문 부근의 채관리 골목에 있었다. 그 후 재산도 상당히 모아 1933년에 신축하여 놓은 것이었다.

이러한 기성권번은 그 후 조합제로서 주식제가 되면서 기존 기생들의 저항으로 우여곡절을 겪는다. 결국 1932년 9월 23일 윤영선에 의해 평양부 신창리 36번지에 자본금 2만 원의 주식회사로 바뀌게 되었다.[86] 이와 함께 기성권번에 부설된 기생학교도 운영이 지속되었다.

평양 노래서재에서 포즈를 취한 기생 사진

1928년 평양 기성권번 기생 양성소(채관리 시절)

1937년 기준으로 살펴보면, '기성권번' 총인원은 252명으로, 그중에서 휴업이 19명, 임시휴업이 26명, 영업 기생은 207명이었다. 당시 하룻밤에 한 번 불리는 이가 66명, 두 번 불리는 이가 47명, 세 번 이상 불리는 이가 21명, 한 번도 못 불리는 이가 71명이나 되었다는 기록이 재미있다.

평양 기생학교의 교과과정

수양버들이 축 늘어진 연광정에서 서쪽으로 돌아 한참 가면 채관리釵貫里가 나온다. 그곳에 평양 기성권번의 부설기생학교가 구름 속 반달 모양으로 자리하였다. 정문에 발을 들여 놓으면 〈시조〉와 〈수

심가〉 가락이 장구에 맞추어 하늘 공중 둥둥 높이 울려 나오고, 연지, 분, 동백기름 냄새가 마취약 같이 사람의 코를 찌를 정도였다고 한다.

당시 3년 동안의 교과 내용은 학년마다 달랐다. 1년급 아이들에게는 우조, 계면조 같은 가곡을 배우게 하였다. 즉 평시조, 고조, 사설조, 그 밖에 매·란·국·죽 같은 사군자와 한문 운자, 조선어 산술 등을 가르쳤다.

2년급 때에는 관산융마關山戎馬나 백구사白鷗詞, 황계사黃鷄詞, 어부사漁父詞와 같이 조금 높은 시조에다가 생황, 피리, 양금과 거문고, 젓대 같은 관현악을 가르쳤다.

3년급 때에는 양산도나 방아타령 같은 것은 품에 깩긴다 하여 가르치지 않다가 부르는 손님들의 요구로 춤과 함께 승무와 검무를 가르쳤다.

평양 기생학교 시조창 수업 장면

처음에는 발 떼는 법, 중둥 쓰는 법, 몸 놀리는 법에만 약 20일이 걸렸다. 또 신식 댄스는 저 배우고 싶으면 배우게 하였다. 노래는 박명화朴明花, 김해사金海史라는 두 명기가 가르치고, 그림은 수암守巖 선생이 가르쳤다.[87]

졸업 후에는 서울이나 신의주, 대구로 진출하고, 180여 명의 졸업생 중의 70% 정도는 외지로 갔다. 기생학교로 입학하러 오는 학생들은 평양 아이도 많지만 서울이나 황해도, 평안도에서도 많이 왔다.

1934년 5월 〈삼천리〉 잡지에 실린 평양 기생학교 방문 기록이 이채롭다. 학생 수도 250명으로 늘어나 교수 과목도 변화가 생기었다.

여기는 모두 보통학교 6학년을 마친 13살 이상 15살까지의 아이들을 받았다. 여기도 여학교 모양으로 학기學期도, 월사금도 있었다. 1934년 기준 월사금은 1학년 한 달 2원, 2학년 2원 50전, 3학년 3원이었다. 입학금은 3원씩으로 1930년보다 1원이 올랐다.

평양 기생학교에 들어가는 동기는 대체로 하류층 자녀로서 보통학교를 졸업하는 즉시 기생 수업을 받기 시작하였다. 기생학교를 졸업하면 권번에 입적되어 비로소 손님을 받게 되었다.[88]

일제 강점기에 학교는 보안경찰의 감독 하에 있었다. 일제 황국신민의 맹세를 하고, 여자들은 국방부인회원이 되었다. 그런 시대 상황에서 술자리의 꽃이 되어 웃음을 파는 기생을 양성하는 학교에서는, 바야흐로 기생은 대대로 내려오는 직업부인이므로 이에 필요한 직업교육을 행한다고 설립 취지를 설명하였다.[89] 이에 기생학교에서 가르치는 것은 '기예妓藝', '기술妓術' 그리고 더 나아가서 '기학妓學'이라는 하나의 학문이라고 주장할 정도로 다양하였다.

	월	화	수	목	금	토
1교시	국어(國語)	국어	작문(作文)	회화(會話)	사해(詞解)	사해
2교시	서화(書畵)	서화	서화	서화	서화	서화
3교시	가곡(歌曲)	가곡	가곡	가곡	가곡	가곡
4교시	내지패(內地唄)	내지패	내지패	내지패	내지패	회화
5교시	잡가(雜歌)	작법(作法)	잡가	성악(聲樂)	잡가	
6교시	가복습(歌復習)	음악(音樂)	가복습	작법	가복습	

표는 1939년 당시 평양 기생학교 210명의 제3학년 수업 시간표로 내지패는 '일본창'을 말한다. 여기에 표시되어 있지 않은 학과로는 1학년의 창가와 무용, 2학년의 시조와 악전樂典이 있다.

평양 기생학교 창가 수업 장면 사진

평양 기생학교 사군자 수업 장면 사진

평양 기생학교의 시대 변화

수업 시간표에서 우선 가장 주가 되는 것은 노래였다. 우리나라 노래만 해도 가곡, 가사, 시조 등 옛날엔 주로 상류의 소위 '사士' 신분계급이 즐긴 비교적 고상한 것부터, 각지 각종의 대중적인 민요류를 망라한 잡가에 이르기까지 네 과목이 있었다. 시음詩吟류의 시조, 마음 속 깊은 곳부터 짜내는 듯한 비장한 남도노래, 또한 애절하게 마음을 두드리는 아리랑, 로맨틱한 도라지타령, 에로틱한 속요에 이르기까지 가리지 않고 모든 것을 섭렵하지 않으면 안 되었다.

창으로 유명한 선배 기생, 여선생들이 각각 학생들이 잘할 수 있는 분야에 따라 나누어 수업하였다. 장기, 가야금 등으로 단계에 맞춰가며 전수를 하였다. 처음에는 소리 내는 방법부터 시작하였다. 하지만 소리 내는 일이 무척 어려웠다. 그래서 그 다양한 음색을 내기 위해 오래 전부터 3, 4개월씩 밥도 굶겨가며 수련을 시켰다. 그리고 맞춤소리의 맞춤법이나 무릎을 치는 방법, 손놀림, 다리놀림의 규범 등을 하나하나 보여 주며 가르쳤다. 5, 60명의 여학생들이 이를 따르며, 제스처를 적당하게 주고, 어깨를 흔들며, 태평스럽게 노래를 제창하였다. 아울러 이것만을 배우는 것이 아니라 옛 기생의 음악을 배웠다.

시대의 개화에 따라 손님들이 '모던Moden' 하거나, 혹 명창의 감흥을 느끼고 싶어 한다면 "창을 열어……", "……오늘도 비가 내리네" 등의 애절한 목소리가 나오는 레코드 같이 길게 노래하지 않으면 안 되었다.

평양 기생학교 수업 장면

당시 기생학교의 무용은 검무와 승무로 상당히 유명하였다. 하지만 1930년대 후반부터 손님들 사이에 고전적인 취향이 엷어져 가자 명목만으로 가르쳤다. 일본의 춤도 있었다. 하지만 그보다 더 즐거운 것은 레뷰식 춤과 사교댄스였다. 기생들로서는 가장 관심인 서비스 방법, 남자 손님을 다루는 방법은 '예의범절'과 '회화' 시간에서 배웠다. 걷는 법, 앉는 법에서부터 인사법, 술 따르는 법, 표정 짓는 법, 배웅하는 법 등에 이르기까지 연회좌석에서의 일거수일투족에 대해서 자세히 가르쳤고, 무엇보다 수라간의 손님 접대 방법을 구분해서 상세하게 강의하였다.

그러나 물론 이 정도의 기법만으로 기생의 임무를 잘 수행해 낼

대동강을 배경으로 포즈를 취한 평양 기생 사진

리는 없지만 타고난 소질이 있기 때문에 문제없었다. 그렇지만 확실히 기생들은 남자의 마음을 끄는 기술에 관한 한 한 가지를 가르치면, 열 가지를 아는 타고난 무언가 있었다.

게다가 기생들 주위에는 뛰어난 선배 기생들이 항상 모범을 보이고 있었다. 학교는 권번사무소와 한 지붕 아래에 있었으며, 대기실에서는 언니들이 관능적인 에로 이야기로 대화의 꽃을 피웠다.

집에 돌아오면 집이 기생거리에 있었던 만큼 그들 자신의 언니들이 기생이 아니어도 주변 여기저기서 듣고 뒷이야기들을 전해줄 수 있었다. 이와 같이 기생들은 겉과 속이 있고, 진실과 거짓도 있는 기생다운 기생으로 성장해 나갔다고 한다.[90]

평양 기생학교 그림엽서 봉투 표지

'예기에 힘쓰는 기생의 생활과 기생학교' 그림엽서 봉투 표지

평양 대동강의 기생 뱃놀이

뱃놀이는 선유船遊·주유舟遊라고도 한다. 예로부터 선비들은 배를 강에 띄우고 연안의 아름다운 경치를 감상하면서 홍이 나면 시를 짓거나 소리를 했다. 그리고 물고기를 낚아 회를 치거나 찌개를 끓이고 술을 마시는 등 풍류를 즐겼다.

특히 조선조에는 외국의 사신들을 맞이해 한강에 배를 띄우고 시회詩會를 열어 환영연을 베푸는 일이 많았다. 1450년(세종 32)에도 중국 명나라 사신들에게 뱃놀이로 환영연을 베풀었다는 기록이 남아 있다. 그리고 이 기록 가운데 그때의 뱃놀이 광경이 자세하게 실려 있다.

배 모습에 대해서, "배는 세 척을 연결하였고 가운데에 작은 지붕을 만들어 덮었다"고 기록하고 있다.

일반인들은 특히 삼복三伏 중에 뱃놀이를 하였는데, 낚시로 망둥이 따위의 고기를 낚아 매운탕을 끓이거나 어죽을 쑤어먹으면서 하루를 즐겼다.

예로부터 서울의 뱃놀이로는 광나루·노량·용산·마포·양화진 등을 꼽았다. 뱃놀이는 배를 한 곳에 띄우고도 하지만, 이리저리 옮겨다니며 벌이면 주위의 경치가 바뀌어 더욱 홍겨워진다. 그리고 배에 기생들도 함께 타고 풍악을 울리면서 한껏 홍을 돋우었다.

1930년대에도 평양 기성권번의 기생들과 함께 놀이하는 데 가장 즐겨 사용됐던 것이 뱃놀이였다. 놀잇배 수백 척이 대동강에 두둥실 떠 있다가 손님과 기생이 오르면 모란봉 아래 능라도 주변 등지로 뱃놀이를 시작하였다. 기생들이 창을 시작하면 흥취는 절정에 이른다.

평양 기생이 다른 기생들보다 특별히 정조관념이 강한 것은 아니었다. 하지만 단골손님이나 평양손님과는 결코 관계를 맺지 않는다는 원칙이 있었던 듯싶다. 이는 늘 다니는 손님과 관계를 맺어놓으면 곧 소문이 나게 되어 있고, 그렇게 되면 자연히 다른 손님들이 외면하기 때문이었다.

평양 모란대를 배경으로 한 대동강에서의 기생 뱃놀이 사진

뱃놀이 포즈를 취한 기생 사진

미주

01 대한기독교교육협회, 월간 〈기독교교육〉 2004년 7, 8월호.

02 〈삼천리〉 1935년 11월호.

03 신현규(2006), 〈기생에 대한 오해와 진실〉, 『신동아』 통권 566호, 11월호.

04 신현규(2006), 『평양기생 왕수복–10대가수여왕되다』, 경덕출판사, pp.25~55.

05 신현규(2005), 『일제강점기 기생인물생활사:꽃을잡고』, 경덕출판사, pp.35~96.

06 〈삼천리〉 제10권 제10호 1938년 10월 1일.

07 신현규(2005), 『일제강점기 기생인물생활사:꽃을잡고』, 경덕출판사, pp.35~96.

08 有賀信一郎(1929), 『대경성』, 조선매일신문사, p.213.

09 이경민(2004), 『기생은 어떻게 만들어졌는가』, 사진아카이브연구소, pp.105~106.

10 월전 장우성, 제76화 화맥인맥(25) 1982년 1월 7일 〈중앙일보〉 『남기고 싶은 이야기』.

11 월전 장우성, 제76화 화맥인맥(25) 1982년 1월 7일 〈중앙일보〉 『남기고 싶은 이야기』.

12 월전 장우성, 제76화 화맥인맥(25) 1982년 3월 23일 〈중앙일보〉 『남기고 싶은 이야기』, 운전 허민.

13 〈동아일보〉 〈女流 妓生 學生, 入選된 美展, 이채의 가지가지//東洋畵入選, 조선인은 구인(肖: 김용준군, 寫: 동십자각)〉 1924년 6월 1일 면수 02 단수 04.

14 장우성, 「화맥인맥(25)」, 『중앙일보』, 1982년 1월 7일 11면.

15 〈동아일보〉 1938년 11월 13일

16 〈조선일보〉, 〈동아일보〉 1939년 5월 21일

17 이용엽, 〈전북중앙신문〉 2006년 7월 25일

18 국립현대미술관 (http://www.moca.go.kr/) 인용.

19 이규일, 『한국화 100년 전』 그림 이야기, 월전 장우성 화백의 〈푸른 전복〉, 1986년 3월 29일, 〈중앙일보〉.

20 월전 장우성, 제76화 화맥인맥(25) 1982년 1월 7일 〈중앙일보〉 『남기고 싶은 이야기』.

21 춘곡(春谷) 고희동은 서울 출생으로, 14세 때 한성법어학교(漢城法語學校)에 들어가 프랑스어를 배운 것이 계기가 되어, 1904년 궁내부 주사로 취직하여 궁중 내의 프랑스어 통역과 문서 번역을 하였다. 이 무렵 을사보호조약이 맺어지자 관리 생활을 버리고 현실 도피책으로 그림을 시작하였다. 1939년 일제의 탄압으로 서화협회가 해산되기까지

총무 또는 회장으로 민족진영의 미술가 단합에 정력을 기울였다. 광복이 되자 조선미술건설본부의 위원장으로, 그리고 우익 미술가들의 집결체인 조선미술협회가 창립되자 회장으로 선출되기도 하였다. 또한 대한민국미술전람회에서 오랫동안 심사위원장을 지내기도 하였다.

22 http://blog.daum.net/andreblog/4884226 장재언 칼럼 인용.

23 〈동아일보〉 1922년 6월 24일.

24 〈동아일보〉, 1923년 6월 15일;〈개벽〉 제37호, 1923년 7월 1일;〈시대일보〉, 1924년 12월 14일;〈삼천리〉 제7권 제7호, 1935년 8월 1일.

25 〈동아일보〉, 1925년 11월 1일;1925년 11월 3일;1925년 11월 4일;1925년 11월 5일;1925년 11월 6일;1925년 11월 7일 〈삼천리〉 제4권 제10호, 1932년 10월 1일.

26 〈동아일보〉 〈晋州妓生四名美擧, 一新學校垈地地均에 對하야 無償勞動하는 者 위해 義捐募集〉 1923년 1월 11일 면수 04 단수 05.

27 〈동아일보〉 奇特한 妓生 巨金을 社會事業에 寄附, 益善洞 張達莫女人 1933년 11월 3일 면수 02 단수 01.

28 〈동아일보〉 高普設立費로 妓生이 百圓(安岳) 1936년 2월 21일 면수 07 단수 07.

29 〈동아일보〉 花巷서 積金한 三百圓을 寄附, 元山妓生宋鶴仙 母校에 美擧(元山) 1936년 2월 18일 면수 07 단수 07.

30 〈삼천리〉 제11권 제1호, 1939년 1월 1일.

31 〈별건곤〉 제66호, 1933년 9월 1일.

32 〈장한(長恨)〉, 1927년 1월 10일;〈매일신보〉, 1930년 10월 3일;〈동아일보〉, 1931년 6월 17일 면수 04 단수 02.

33 〈삼천리〉 제4권 제6호, 1932년 5월 15일 ; 제5권 제9호, 1933년 9월 1일;제5권 제10호, 1933년 10월 1일;제6권 제5호, 1934년 5월 1일;제7권 제5호, 1935년 6월 1일;제9권 제4호, 1937년 5월 1일;〈별건곤〉 제7호, 1927년 7월 1일;〈동아일보〉, 1926년 10월 17일;〈조선일보〉, 1937년 10월 26일;1983년 1월 23일;『한국영화총서』, 한국영화진흥공사, 1972년;유현목(1980), 『한국영화발달사』, 한진출판사, 신일선(1970), 『남기고 싶은 이야기-무성영화시대-』, 〈중앙일보〉, 1970년 11월 12일.

34 〈동아일보〉, 1931년 8월 9일;〈삼천리〉 제5권 제1호, 1933년 1월 1일;제8권 제4호, 1936년 4월 1일;유현목(1980), 『한국영화발달사』, 한진출판사.

35 〈조선일보〉 1927년 3월 27일.

36 고복수, 〈가요계 이면사(1)〉, 〈중앙일보〉 『남기고 싶은 이야기』, 1971년 12월 1일 [5면].

37 정상진(2005), 『아무르만에서 부르는 백조의 노래』, 지식산업사, pp.158~161.

38 고복수, 〈가요계 이면사(25)〉 1971년 12월 29일 〈중앙일보〉 『남기고 싶은 이야기』.

39 송방송(2002), 「한국근대음악사의 한 양상-유성기음반의 신민요를 중심으로-」, 『음악학』 9집, 한국음악학학회, pp.325~421.

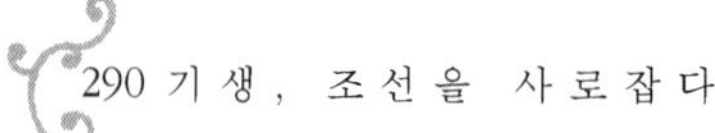

40 장영철(1998), 『조선음악명인전(1)』 왕수복, 평양, 윤이상음악연구소, pp.346~347.

41 고복수, 『가요계 이면사(8)』 1971년 12월 9일 〈중앙일보〉 『남기고 싶은 이야기』.

42 송방송(2002), 『한국근대음악사의 한 양상-유성기음반의 신민요를 중심으로-』, 『음악학』 9집, 한국음악학학회, pp.325~421.

43 고복수, 『가요계 이면사(12)』 1971년 12월 14일 〈중앙일보〉 『남기고 싶은 이야기』.

44 〈조선중앙일보〉 1933년 8월 28일 平壤 綺談 一束, 「비행기로 渡東, 한 기생 가수」.

45 〈삼천리〉 제7권 제10호 1935년 11월 1일 『'거리의 꾀꼬리'인 十大歌手를 내보낸 作曲·作詞者의 苦心記』, pp.153~155.

46 황금찬(2004), 『노랫말에 얽힌 30년대 문단 삽화』, 『시인세계』.

47 황금찬(2004), 『노랫말에 얽힌 30년대 문단 삽화』, 『시인세계』.

48 『伊太利 가려는 왕수복 歌姬』, 〈삼천리〉 제11권 제7호 1939년 6월 1일, pp.118~122.

49 金如山 『歌姬의 藝術·戀愛生活』, 〈삼천리〉 제7권 제5호 1935년 6월 1일, pp.139~145.

50 『풀잎』에서 "아내를 잃은 지 채 1년을 채우지 못했으나 그 한해 동안의 적막……" 대목은 1940년 1월 27일 아내 이경원이 나이 27세로 세상을 떠난 것과 왕수복이 늦가을에 이효석을 만났다는 표현으로 산출된 시기이다.

51 신현규(2005), 『일제강점기 기생인물생활사:꽃을잡고』, 경덕출판사, pp.20~91.

52 〈동아일보〉 1932년 3월 15일.

53 김영희(2006), 『개화기 대중예술의 꽃, 기생』, 민속원, pp.107~117.

54 〈삼천리〉 제12권 제5호, 1940년 5월 1일.

55 〈별건곤〉 제71호, 1934년 3월 1일.

56 〈매일신보〉 1934년 3월 17일.

57 〈매일신보〉 1913년 11월 8일.

58 〈조선일보〉 1929년 10월 9일.

59 김영희(2005), 〈레뷰 춤의 수용과정〉, 『춤지성』 2호, 춤지성연구회, 참조.

60 〈매일신보〉 1915년 11월 10일.

61 〈매일신보〉 1921년 4월 10일.

62 〈매일신보〉 1922년 4월 13일.

63 〈매일신보〉 1938년 5월 14일.

64 〈삼천리〉 제8권 제8호, 1936년 8월 1일.

65 김영희(2005), 〈레뷰 춤의 수용과정〉, 『춤지성』 2호, 춤지성연구회, 참조.

66 김영희(2005), 〈레뷰 춤의 수용과정〉, 『춤지성』 2호, 춤지성연구회, 참조.

67 김영희, 〈일제시대 기생조합의 춤에 대한 연구〉, 『무용예술학연구』 제3권, 1999년 5월, pp.72~73.

68 김영희, 〈1915년의 새춤-〈시정오년기념성택무〉와 〈철도무〉〉, 『개화기 대중예술의 꽃, 기생』, 민속원, 2006년 참조.

69 김영희, 〈일제시대 기생조합의 춤에 대한 연구〉, 『무용예술학연구』 제3권, 1999년 5월, pp.51~52.

70 신현규(2005), 『일제강점기 기생인물생활사:꽃을잡고』, 경덕출판사, pp.55~86.

71 박헌봉, 〈중앙일보〉 〈남기고 싶은 이야기-명창 주변〉, 1971년 9월 9일.

72 이난향(1971), 〈중앙일보〉 1970~1971년 연재물 〈남기고 싶은 이야기들〉 明月館.

73 신현규(2005), 『일제강점기 기생인물생활사:꽃을잡고』, 경덕출판사, pp.20~91.

74 신현규(2007), 『기생이야기-일제시대 대중스타』, 살림출판사, pp.10~35.

75 권도희(2001), 〈20세기 기생의 음악사회사적 연구〉, 『한국음악연구』 29집, 한국국악학회, p.334.

76 노동은, 〈평양기성권번〉, 『노동은의 두 번째 음악상자』, 한국학술정보(주), 2001년, p.204.

77 신현규(2005), 『일제강점기 기생인물생활사:꽃을잡고』, 경덕출판사, pp.35~96.

78 신현규(2007), 『기생이야기-일제시대 대중스타』, 살림출판사, pp.15~66.

79 〈삼천리〉 제8권 제8호, 1936년 8월 1일.

80 김영희(2006), 『개화기 대중예술의 꽃, 기생』, 민속원, pp.18~19.

81 『내일을 여는 역사』 14호, 서해문집, 2003년.

82 신현규(2007), 『기생이야기-일제시대 대중스타』, 살림출판사, pp.15~66.

83 〈평양 기생학교 구경, 서도 평양의 화류 청조〉, 〈삼천리〉 제6권 제5호, 1934년 5월 1일.

84 초사, 〈서도 일색이 모힌 평양 기생학교〉, 〈삼천리〉 7호, 1930년 7월 1일.

85 德永勳美(1907), 『한국총람』, 동경 박문관.

86 中村資良, 『조선은행회사조합요록』(1932년, 1937년, 1939년, 1942년판), 동아경제시보사;김산월, 〈고도의 절대 명기, 주로 평양 기생을 중심 삼고〉, 〈삼천리〉 제6권 제7호 1934년 6월 1일.

87 1930년 6월 〈삼천리〉 잡지 탐방기.

88 신현규(2005), 『일제강점기 기생인물생활사:꽃을잡고』, 경덕출판사, pp.20~91.

89 1934년 5월 〈삼천리〉 잡지 탐방기.

90 한재덕, 〈기생학교에서는 무엇을 가르칠까?〉, 『모던일본』 10권 조선판, 모던일본사, 1939.